T0114937

Curisyo

10

MA INNAGUUN BAA!

(Tiraab - curin)

Siciid Jaamac Xuseen

2018

Hargeysa

PONTE INVISIBILE
REDSEA-ONLINE.COM

REDSEA-ONLINE.COM Culture Foundation
Fidiyaha Aqoonta iyo Ereyga Dhigan – Xarunta dhexe
Daarta Oriental Hotel - Hargeysa, Somaliland
Telephone: 00 252 2 525109
email: bookshop@redsea-online.com

Published by
Ponte Invisibile (redsea-online), 2018, Hargeysa
I

Inquiries to the editor
Via Pietro Giordani 4, 56123 Pisa, Italy
www.ponteinvisibile.com
email: editor@redsea-online.com | editor@ponteinvisibile.com

ISBN 88-88934-58-8
EAN 9788888934587

PRINTED AND BOUND IN SOMALILAND.

Classification: 808.3 fiction - Rhetoric & collections of literature
Hargeysa Cultural Centre Library (HCCL) Catalogue Record:
S-PZ 5052 S1991 2018
HCCL: Series *Curisyo* No. 10
A CIP record of this book is available at HCCL, Hargeysa,
Somaliland. www.hargeysaculturalcenter.org/the-library/
ISBN 88-88934-60-X EAN 9788888934600

Hibayn
SELMA – bilo-jir aan awow u ahay

HORTEBIN

Ummad aan afkeeda wax ku qoran, runtii, maanta waxa adduunka looga aqoonsan yahay ummad naafo ah. Saddex arrimood oo dadkeenna haysta ayaa, laba daraadle, igu kallifay dejinta buuggan 'MA INNAGUUN BAA!'

Tan hore: Weli sidii baa, guud ahaan, looga maagaa akhriska qoraalka af Soomaliga haddii uu dheer yahay.
Tan labaad: In wax micne leh, dadkuna xiisayn karo, aan ku gudbiyo qoraal tiraab ah oo aan maansaysnayn.
Tan saddexaad: dad badan oo niyad haya ayaa baahida ugu daran u qaba in ay helaan qoraal af Soomaali ku qoran ay si weyn u danayn karaan.

Akhristayaasha ayaa si dhab ah u sheegi kara in buuggani xilalkaas oofiyey.

SJX

Tusmada Buugga

QAYBTA KOWAAD
Xusuusqor

Qofka noloshiisu waa safar aan kalago' lahayn. Safar malyuun weji leh ayaa bani-aadmigu maalin walba galaa, oo kala kaan ah.. kala maan ah.. kala midab ah.. kala dhadhan ah.. kala waayo ah.. kala door roon oo dareemmo kala duwan qofka ku beera. Safarro aan isku socdaal ahayn oo kala hayaan iyo hiraal durugsan. Kuwo badda loo fuulo.. kuwo berriga loo raaco.. kuwo hawada sare la cirjiidho. Kuwo qaxar iyo kadeed laga la kulmo, iyo kuwo rayrayn iyo raxmaad laga dheefo.

SAFAR AAN JAHO LAHAYN
1977

Labadii qaybood ee hore dadka soo aqriyay way sii malayn karaan in "safarku" aanu u dhacayn (magacaa ku filan) mid doonaya in uu aqristayaashiisa ku furo goob barwaaqo ah ay raaxo la jeega-jeegeeyaan. Sidii bayna u dhacday. Dhamac kulaykii dagaalka ayaa si buuxa cagaha loo la galay. Guul iyo geeri ayaa midkood nafta loo soo xiray. Wixii u dhexayn karaa waa naafo nolosha lagu dhammaysto.

Noofambar 1977
Dhawr biloood ayaa ka soo wareegay dagaalkii dhex maray Soomaaliya iyo Itoobiya sannakan bartamihiisii. Ciidanka Soomaaliyeed ayaa ku gacan sarreeya. Gobolkii loo yiqiin Soomaali Galbeed ee Itoobiya looga talin jiray 90% ayaa si dhab ah gacanta loogu dhigay. Dadka in yar oo si durugsan u xisaabtamaysa mooyee, dadweynaha Soomaaliyeed meel kasta oo uu joogo, guulaha la soo hooyay ayuu la tanaadayaa. Idaacadda Muqdisho iyo magaalooyinka Soomaaliyeed waxaa ka socda heeso iyo damaashaad la wada qaadayo:

Mingistow war li'idaa
Waa laysku haystaa
Wixii madaxa kaa dhigay!
...
Harar iyo Hawaas
Habeen dambeba
Waan hayaa!

7

Shicbiga Soomaaliyeed muran kaga ma jiro in maalmo yari ay ka xigaan xorayntii geyigaa dhammaantiis. Dareen kaas ka duwan ayaa madaxdii dalka ku dhashay. Cabsi weyn ayaa soo korodhay. Midowga Soofiyeeti iyo bahdiisii ayaa muuqatay inay si toos ah u soo galeen dagaalkii iyagoo Itoobiya la saftay. Itoobiya lafteeda ayaa laga war helay inay ergooyin u kala dirtay dawladaha Ururka Midowga Afrika (UMA). Si arrintaas qallafsan wax looga qabto, taliska Soomaaliyeed dhambaallo degdeg ah in madaxweynayaasha dalalkaas loo kala diro ayuu talo ku gaaray. Ujeeddada dhambaalladaa iyo danta laga leeyahay waxay ahayd:

- In faragelinta shisheeye, gaar ahaan Midowga Soofiyeeti iyo bahdiisa la la socodsiiyo madaxda Afrika iyo sida faragelintaasi ay dhibta jirta u sii dacaraynayso.

- In la tuso in mawqifka Soomaaliyeed mar walba yahay in Afrika dhibaatooyinkeeda iyadu xalliso.

- In laga hor tago baaqa Itoobiya ee la hubo inuuu kolleyba ku tiiqtiiqsanayo in dalkii Itoobiya ee xarunta u ahaa UMA ay dawladaha Carbeed iyo kuwo Islaam ahi isugu tageen oo iyagoo u soo rakaabsaday dawladda Soomaaliyeed iyo 'gobanimo-ku-sheeg reer Eritrea ah' ay doonayaan in dalkaa Afrikaanka ah la kala googoosto.

Dhawr wefdi oo wasiirro kala hoggaaminayaan ayaa loo kala diray madaxda Afrika. Waxaa caado ahayd in wefdiga madaxdiisa iyo kaaliyahaba uu madaxweynuhu magacaabi jiray, gunnadana laga siin jiray madaxtooyada khasnaddeeda. Anigu wefdiyadaas la dirayo kuma aan qornayn, mana aan filayn in la igu daro. Wasiirka Wasaaradda Qorshaynta, Jananka Maxamed Sheekh Cusmaan, ayaan xafiiskiisa oo goor barqo ah la iga wacay

8

ugu tegay. Warka muhimkiisii ayuu i siiyay. Afar dal oo kala ah Lesotho, Botswana, Zambia iyo Zaire in aan tegaynno ayuu ila socodsiiyay. Dalka hore ee Lesotho shir ka socda oo ay ku leeyihiin Barwaaqasooranka Yurub (European Economic Community-EEC) iyo dalalka Afrika, Kariibiyanka iyo Baasifigu (Africa, Caripian and Pacific Countries-ACP) in aannu ka qayb gelaynno. Kuwa kalena dhambaallo madaxweynayaashooda u socda in aan u geynayno. Wefdiga waxaa nagu weheliya kaaliyihiisa Axmed Isaaq Bixii oo ah Agaasimaha Guud ee dekedaha iyo gaadiidka badda. Aniga, wasiirka M. Sh. Cusmaan ayaa iiga soo fasax qaatay

Weyne-xigeenka Xuseen Kulmiye Afrax oo doonay inuuu weftigiisa igu darsado lana baxo gunnada la i siin doono iyadoo la iga rabo inaan dhinaca Af Ingiriisiga iyo habaynta socdaalkaba ka kaalmeeyo.

Arrimahayagii safarka ayaannu isku dubbaridnay oo garoonka diyaaradaha Xamar is geynay maalintii la dhoofayay. Intaan Xamar laga ambabixin ee weli garoonka diyaaradaha la joogo ayaa saddex dal oo kale – Uganda, Burundi, iyo Rwanda – madaxdoodii dhambaallo na loogu dhiibay. Ma sii danayn oo waxaan u qaatay in dalalkaasi yihiin kuwo gadaal laga dareemay in aan laga tegi karin oo sidaas ku yimid. (Soo noqodkii ayaanu dalka sheeko kale ugu nimi. Iyana xilligeeda ayaynu furfuri), imminka toddoba dal in aan isu marno ayay noqotay.

Lesotho
Dalka Lesotho waa buuraley aad u yar 36,540 km sq oo ku dhex yaal siduu u dhan yahay dalka Koonfur Afrika. 1961

ayuu ka madax bannaanaaday Biritaaniya. Waa dal isku maamula boqortooyo dastuuri ah. Taas oo micnaheedu yahay xukuumaddu waxay ku dhisan tahay barlamaan la soo doorto oo Ra'iisal-wasaare uu ka madax yahay. Dahabka iyo macdan kaleba waa laga qodaa. Dalxiisku kaalin ayuu ka qaataa dhaqaalaha dalkaas oo waxaa ugu filan inta Koonfur Afrika uga timaadda sannadkii.

Dhambaalka aannu madaxda dawladda u sidnay ka sokow, waxaa noo weheliyay shirkii aan soo xusay ee caasimadda dalkaas, Maseru, ka socday maalmahaas. Waa la garan karaa shirka noocaas ahi sida dalkaas oo kale uu ugu weyn yahay. Shirka maamulkiisa iyo martida dejintooda ayaa lagu wada mashquulsan yahay oo si fiican u hareeyay kii noo gaarka ahaa ee aannu u soconnay. Sidaas darteed, ayaa wasiirka Maxamed Sh. Cusmaan fursaddii ugu horraysay ee loo haleelay uu kula kulmay Ra'iisal-wasaarihii dalkaas oo dhambaalkii gaarsiiyay.

Dawladda Itoobiya lafteeda wefdi ayaa shirkaa u joogay. Lama socdo oo ma sheegi karo inay iyana sidayadaas oo kale dhambaal gaar ah guntiga ku wateen!

Botswana

Botswana oo magaalada Gaborone ay caasimadda u tahay waa dalkii labaad ee booqashadayada. Maalin Jimce ah ayaannu soo galnay. Huteel ayaa nala dejiyay oo na loo sheegay in Sabtida iyo Axadda aannu si fiican isa ga nasanno, mar haddii fasax lagu jiro oo madaxweynaha aan la arki karin. Labada maalmood in dalka barashadiisa iyo wixii kale ee la xiriira aanu isku mashquulinno ayaannu ku tashannay. Dalka Botswana sannadkii 1966 ayuu ka madax bannaanaaday dawladda Biritaaniya.

Xukun rayid ah ayaa ka dhisnaa 10 sanno ee uu gobannimada haystay. Macdanta dheemmanka iyo dalxiiska ugaadha loo daawasha tago ayaa dhaqaalaha dalkaasi ku tiirsan yahay. Taliska Midab-takoorka ah ee Koonfur Afrika ayuu xad iyo xiriir toos ah la leeyahay oo aanu wax ka qaban karin. Ururka Midowga Afrika arrinkaa wuu la socdaa, dalkaasna wuu ugu garaabayaa mawqifka uu ku qasban yahay. Huteelka na la dejiyay caddaan xad-dhaaf ah ayaa ku jiray. Mashiinnada khammaarka ee huteelka buuxa, sida shinnida ayay ugu xoonsan yihiin. Mar aan nin iyaga ka mid ah weydiiyay sababta keentay inay tiro intaa le'eg ay Botswana ugu yimaaddaan, wuxuu ila socodsiiyay in dalkooda aan laga oggolayn meelo tumasho iyo khamaar in laga furo sida halkan oo kale. Sidaas awgeed ay u yimaaddaan magaalada Gaborone oo wax waliba fasax u yihiin. Warka ninku sheegay waa runtiis oo taliska midabtakoorku dadkiisa – tirayarta caddaanka ah – ayuu u tusayaa inay dhaqan adag iyo diin hufan haystaan oo ka ilaashanayaan 'cawaanka' iyo 'shuuciga' badan ee madowga ahi inay ka fasakhaan oo ka dhooqeeyaan xariirtooda.

Maalintii Isniinta ayaa madaxweynihii dalka, Sir Seretse Khama, na loo geeyay. Waxaa weheliyay wiilkiisa oo madaxtooyada wasiir ka ah. Salaan, soo dhowayn ka dib, judhiiba wasiirka Maxamed Sh. Cusmaan ayaa dhambaalkii farta ka saaray. "Dhambaalka waxa ku yaal waan aqrisan doonnaa, ee inta ugu muhiimsan noo iftiimiya," ayaa wiilkiisu naga codsaday. Wasiirka M. Sh. Cusmaan ayaa gudagalay dhibta ka dhex taagan Itoobiya iyo Soomaaliya iyo faragelinta shisheeyaha. Wuxuu culayska saaray faragelintaasi sida ay u sii dacaraynayso

11

mashaqada jirta ee xalkeedu ku jiro in dalalka ay khuseeyaan iyo dawladaha Afrikaanka ah loo dhaafo. Si arrintaas uu wasiirku u sii xoojiyo ayuu xusuusiyay sidii dawladaha Yurub ay qarnigii 19-aad dabayaaqadiisii u kala qaybsadeen Afrika iyagoo shir isugu yimid, ku caan baxay, " Qaybqaybinta Afrika' (Scramble for Africa, 1884). Wuxuu kaga baxay in weli dawladihii Yurub aanay ka waantoobin ee halkii ka sii wadaan xilligan la joogo. Markii wasiirku ereygiisii ritay, ayaa wiilka madaxweynuhu, isagoo dhoollo caddaynaya ku jawaabay, "Waa runtiin oo berigaas waxay ahayd sidii loo kala qaybsan lahaa Afrika, maanta se waxay tahay tan taagani sidii Itoobiya loo googoosan lahaa."

Kolkaas ayaannu garannay in rugta na looga soo horreeyay oo casharkii Itoobiyaanku u aqriyeen si weyn maankooda u galay. Si aan hadalku u duulduulin ayaa madaxweynihii Sir S. Khama soo dhex galay oo nagu yiri: 'Madaxweynihiinna Sīyaad Barre salaan diirran iga gaadhsiiya. Dhambaalkaana si roon ayaan u aqrisan doonaa.' Kolkaas ayaa casho na lagu sii sagootinayo loo wada kacay, iyadoo hadalkii halkaas lagu soo af jarayo. Cashadii waxaan kula kulannay madax kale oo dawladda ka tirsan. Waxaa xusid mudan in wasiirka arrimaha dibedda iyo safiirka dalkaa u fadhiyay caasimadda Yurub ee Brussels ay yihiin haween. Haweenayda safiirka ahi cashada ayay nala joogtay. Iyada ayaa warka na siisay oo noo sheegtay in haweenku hey'ado kale oo dawladda ah madax ka yihiin. Waxay ku dhammaysay in Botswana uu yahay dalka keliya ee kallintaa iyo tiro sidaas u xooggan ay haweenku kaga jiraan marka la isku wada qaado Afrika.

12

Zambia

Waa dalkii saddexaad ee barnamijka noogu jiray. Waa dalka keliya ee xadka uu la leeyahay kan Koonfur Afrika u suura geliya gobannimadoonka dalkaasi, ururka ANC, inay dhuumasho ku geli karaan dalkooda si ay isa ga dhiciyaan nacabka ka haysta. Sidaas darteed, taliska midab-takoorka Koonfur Afrika il gaar ah ayuu mar walba ku hayaa dalka Zambia oo kama waabto inuuu mararka qaarkood caga-juglayn iyo tacaddi toos ah u geeysto.

Dalka Zambia macdanta naxaasta ayuu hodan ku yahay oo dhaqaalihiisu si weyn ugu tiirsan yahay. Juqraafi ahaan, webiga Zambezi iyo 'Biyo-dhaca Victoria' (Victoria Falls) ee webigaa saaran ayuu caan ku yahay.

Wefdigayaga si fiican ayaa na loo soo dhoweeyay, la kulankii Madaxweyne Kenneth Kaunda dhaqso ayaa na loogu soo qabtay. Hawshaa waxa fududeeyay safaaradda Soomaalidu ku leedahay dalkaas ee danjiraha Michael Mariano madaxda ka yahay iyo xiriirka aad u wanaagsan ee uu Madaxweynaha K. Kaunda la lahaa. Kulanka aan la yeelannay madaxweynaha waxaa nagu weheliyay safiirka M. Mariano. Warbaahinta waa laga ooday tixgelinta kulankayaga la siinayo awgii.

Salaan iyo soo-dhowayn ka dib, dhambaalkii loo dhiibay ayuu si deggan Madaxweyne Kaunda u aqristay annagoo fiirinayna. Markii uu ka bogtay, labadii arrimood ee aan u soconnay ayuu jawaabtoodii oo run asluubaysani ka muuqato noo dhiibay.

Tii faragelinta Midowga Soofiyeeti iyo shisheeyaha kaleba wuxuu noogu jawaabay, "Anigaba hub iyo

13

diyaarado waxa i siiya dawladda Shiinaha oo ma jecli in cidi iga la hadasho. Dawladda Soofiyetkuna waa tii shalay idin la joogtay."

Tii kale ee ku saabsanayd in dalalka Afrika ay wada yeeshaan deriswanaag iyo iskaashi iyaga dhex mara, taas oo isafgaradkooda iyo isu-soo-dhowaanshahooda wax weyn ka taraysa, wixii dhib ah ee ku yimaaddana ay wada-hadal iyagu ku wada dhammaystaan iyadoon shisheeye laga talo gelin. Arrintan dambe si weyn ayuu ugu guuxay isagoo Madaxweyne MSB ku ammaanaya aragtidaa murtida weyn xambaarsan.

Imaatinkayaga Lusaka, caasimadda Zambia, maalmo ka hor dayuurado ciidanka Koonfur Afrika ah ayaa cirka dalkaa ku soo xad gudbay iyagoo si weyn uga digaya haddii aan dalka Zambia joojin gacansiinta gobannimadoonka in dawladda Koonfur Afrika in ay duqayn doonto. Waraysi saxaafadeed oo gaaban ayaa wasiirka M. Sh. Cusmaan la la yeeshay kulankii Madaxweynaha ka dib. Dantaannu u soconnay oo kooban markii uu u sheegay ayuu wasiirku ugu daray, isagoo ka jawaabaya daandaansiga Koonfur Afrika, in aan Soomaaliya u adkaysan doonin xadgudub noocaas ah oo mar dambe lagu la kaco dalka aan walaalaha nahay ee Zambia ee tallaabo cad oo Koonfur Afrika ka shallayso Soomaaliya ay ka qaadi doonto. Waa markii u horraysay una dambaysay ee warka wefdigayaga qalabka warbaahinta lagu shaaciyo intaannu booqashooyinkaas ku jirnay. Intii aannu joognay Lusaka, marka baabuurkayagu jidadka marayo iyadoo mootooyin hor kacayaan dadku way noo sacbin jireen iyagoo aad garan kartid inay isu sheegayaan, "waa kuwaas Soomaalidii
14

digniinta culus siisay k/a hadday mar dambe innagu soo xad gudubto!"

Zaire

Dalka Zaire, bartamaha Afrika ayuu ku yaal. Dhul ballac weyn oo 905,000 m isku wareegsan ayuu ku fadhiyaa. Barwaaqo dabiici ah oo ka maqani way iska yar tahay, haddayba jirto. Sagaal dal ayuu xad la leeyahay, toban qabiil ayaa ku wada nool. Barwaaqada baaxaddaas le'eg, dhulka sidaas u ballaaran iyo kala-daadsanaanta dadka ku nool, ayaa dawladaha shisheeye ee awoodda sheegta dhareerka ka soo rida. 1887 ilaa 1960 boqortooyada Belgium ayaa dalkaas xukumi jirtay, mararka qaarkoodna sheegan jirtay inuu dalkooda ka qayb yahay.

Safar dhul ah ayaannu caasimadda Kinshasa ku nimid wefdi ahaan, annagoo ka soo galnay dhinaca Zambia oo dalxiis aad loogu riyaaqo kala kulannay. Safaaradda Somaaliyeed ee Zambia ayaa socdaalkaa xiisaha badan leh noo habaysay. Dalka waxaa Madaxweyne ka ah Mobutu Sese Sekou. Talada dalkuna sidaan ka war qabno isaga ayay ku urursan tahay. Dhawr dal ayaa jira oo caasimaddoodii magaalooyin kale loo raray. Waxaa ka mid ah Brazil, Nigeria, Pakistan, India iyo kuwo kale, iyagoo daryeelka dadkooda ka raacaya. Madaxweynaha dalkanina habkaas ayuu la jaan qaaday isagoo ku andacoonaya inuu danta shicbigiisa ku dhaadanayo, oo weliba kuwa aan soo magacownay si cad u sii bara dheeraynayo:
Isagu waxbeddelka naftiisa ayuu ka bilaabay oo magaciisii Joseph Mobutu ayuu ula baxay Mobutu Sese Sekou. Dalkii ayuu ku xejiyay oo magacii Congo ayuu u

beddelay Zaire. Madaxtooyadii caasimadda ku tiil ayuu u raray kaymo ka durugsan oo intuu qasri weyn ka dhex dhistay, ayuu xayndaab u sameeyay iyo waddooyin loo soo maro marka loo soo talo iyo amar doonanayo.

Annaga huteel magaalada Kinshasa ku yaal ayaa na la dejiyay. Xilliga la arkayo Madaxweynaha iyo hab-maamuuska la raacayo waa na loo sheegay, in kastoo aanu hore u la soconnay badankooda. Si qeexan oo hadhow aan khalad iyo isafgaranwaa ka iman ayaa na loogu caddeeyay in wasiirka oo keli ahi uu Madaxweynaha arkayo, in labbiska lagu tegayo si weyn loo sii hubiyo inuuu munaasabadda u qalmo. (Nasiibwanaag, waxa Ilaahay ku sahlay in wasiirka M. Sh. Cusmaan uu xilligaas ka tirsanaa inta yar ee farta lagu fiiqo marka laga hadlayo xagga hab- maamuuska, xarragada, iyo dhar-xirashada rasmiga ah). In Madaxweynuhu daqiiqado wax ka badan aanu heli karayn, hawlaha qaran ee sugaya dartood. Kolkaa, in dhambaalka uun loo dhiibo, loogana mahadnaqo fursadda qaaliga ah ee uu ku deeqay. Sidaas ayay hawshuna u dhacday, oo ka soo-noqodkiisii ayuu wasiirka M. Sh. Cusmaan na la socodsiiyay in farriinta culus ee uu kala yimid Madaxweyne Mobutu Sese Sekou ay tahay, "Salaan iga gaarsiiya Madaxweynihiinna Siyaad Barre."
Waddadii Zambia ayaannu dib u raacnay.

Burundi
Burundi waa dal aad u yar oo ku yaal bartamaha Afrika. Xad lama laha biyaha badda, wuxuu se dhawr dal oo kale

16

la wadaagaa harada weyn ee Victoria. Dalkani sidaan soo
sheegay, wuxuu ka mid ahaa saddexdii dhambaalladooda
garoonka Xamar na looga soo dhiibay. Gal xiran oo aan
magac ku qornayn ayaa garoonka diyaaradaha Xamar na
lagu siiyay, iyadoo agaasinka wasaaradda arrimaha
dibeddu nagu yiraahdeen, "Magaca oo sax ah iyo
derejada Madaxweynaha, idinku hubiya oo ku qorta."
Sida muuqatay, qarba-qarbo ayaa lagu goostay in dalkaas
dhambaal loo diro, sababtoo ah wadaxweynihiisii hore
Michel Macombero ee xukunka laga la wareegay ayaa
Xamar doortay inuuu ku noolaado. Kaasi waa fasiraaddii
aanu isku qancinnay saddexdayadii. Sidaanu sidii ugu
sidnay galkii ayaannu caasimadda dalkaas ee Bujumbura
ka soo degnay. Fadhigii soo-dhowaynta markaan soo
gaarnay, ayaannu sawirrada derbiyada suran ka
qorannay magaca iyo darajada Madaxweynaha: Lt. Col.
Jean Baptiste Bagaza. Labada Madaxweyne ee xilka dalka
la kala wareegay isku reer ayay ka yimaaddeen oo in
kastoo inqilaabku uu mid milatari ahaa misna dhiig daata,
dhaawac iyo utun dad dhex martay ma ay jirin.
Taasi hawshayadii way noo fududaysay. Waxa kale ee
weheliyay iyana laba arrimood oo aan dalna laga heli
karin. Waa dawladda iyo qabiilka taliska la kala wareegay
oo aad u sheegta inay Soomaalida isku meel ka soo wada
jeedaan, asal ahaan. Tan kalena waa madaxweynaha iyo
xaaskiisa oo labaduba waxbarashadooda ku soo qaatay
dalka Talyaaniga.
Maalintii ugu horraysayba dhambaalkii ayaannu
gudbinnay iyadoo si diirran oo deggan loo wada hadlayo.
Maalintii noo xigtayna guriga Madaxweynaha ayaannu
isaga iyo xaaskiisa marti ugu ahayn oo laga wada
sheekaysanayay waayo-waayo, dalka Italy iyo maalmihii

waxbarashada (aniga uun baa meeshaa marti ku ahaa!) Jewiga wanaaggiisa iyo gacaltooyada na la tusay iyaga wax igu ma seegganayn.

Intii aannu joognay Bujumburo, ganacsato Soomaaliyeed ayaa huteelka noogu yimid oo na la socodsiiyey sida ay dalkaa ugu bilan yihiin iyo la-dhaqan-wanaagga ay Soomaalidu ku qabto.

Rwanda

Caasimadda Kigali.

Buur aad u dheer bannaankeeda sare ayuu dalku saaran yahay. Waxa aad moodaysaa in dadkaas aynaan isku duni ku wada noolayn. Dhul oo dhan hoos ayaa loo soo eegayaa marka magaala-madaxda Kigali ee dalkaas aad joogtid. Daruur iyo ceeryaamaba way ku hoos imanayaan. Misna dadku waa beeraley buurahaas ku nool.

Imaatinkayaga ka dib, judhiiba waxaa na loo sheegay in aanay marna u suuroobi karayn in Madaxweynuhu na arko, hawlo badan dartood. Waxaa se aannu u dhiibi karnaa dhambaalka aannu sidno, wasiir noo iman doona. Hab-maamuuska arrimaha dibedda ayaa warkaa noo sheegay. Wefdigayagii oo xusuusan shalay sidii guriga Madaxweynaha Burundi na loogu casuumay iyo qalo-la'aantii na la tusay, in maanta aan la kulanno warka ah "daqiiqad Madaxweynuhu idiin ma heli karo uu idin kaga guddoomo dhambaalka," way nagu cuslaatay. Saddexdayadii waxaan isla garannay in meesha na looga soo horreeyay. Hase yeeshee, sidaa na loo la dhaqmay ay u eg tahay diidmo iyo qaddarin-la'aan u jeedda dawladda iyo ummadda aan ka soconnaba. Waxaannu talo ku goosannay in annaguna aannaan arki karin wasiir iyo wax

18

la darajo ah, dhambaalkana cid Madaxweyne ah mooyee aannaan cid kale u dhiibayn. Duulimaadkii ugu horreeyay ayaannu ka soo raacnay garoonka Kigali. Waa safarkii noogu gaabnaa.

Uganda
Dhambaal-qaybinta dalkii ugu dambeeyay ayaynu soo gaarnay. Uganda wuxuu ka tirsan yahay dalalka Bariga Afrika. Waa dal dooggan oo cagaar ah. Shaaha iyo bunka ayaa si weyn uga baxa. Harada weyn ee Victoria ayuu xad aan yarayn la leeyahay. Waana biyaha caasimadda Kampala ay feedha ku hayso.
Dalka waxaa ka madaxweyne ah Idi Amin oo dawladdii rayidka ahayd xoog militari kaga la wareegay. Isaga uun baa amar ka go'i karaa. Waa waxyaalaha aannu xisaabtayada ku sii darsannay. Markaannu soo degnay ayaa safaaradda Soomaaliyeed na war gelisay in maalmo ka hor uu wefdi Itoobiya ka socdaa dalkan soo booqday. Ujeeddada waa iska garannay, se raadka ay ku yeelan doonto Idi Amin ee aan cidina malayn karayn wuxuu yeeli doono, ayaa nagu adkaatay iyo sidaan ugaga sii talo geli karno. Ha yeeshee, talo waxaan ku daysannay in wasiirka M. Sh. Cusmaan keligii u tago oo intaan warka rasmiga ah lays la furfurin uu salaanta ka dib judhiiba sida dalkii Somaliyeed looga hadal hayo iyo taariikhdii ka soo martay dalkaa, berigii uu Beledweyn joogi jiray, la xusuusiyo. Had walba in la eego sida jawigiisu isu muunadeeyo. Taladaas ku ma aannu guul darraysan oo tii aan ka cabsi qabnay inuuu na la galo ee ahayd, maxaa dalkii Itoobiya loo weerarayaa, waa iska baajinnay. Welwelqabka waxaa noogu sii wacnaa iyadoo uu Idi Amin markuu xukunka dalka la wareegay uu wixii

19

shisheeye, gaar ahaan Hindi iyo Pakistan maalqabeen
ahaa, uu dalka ka cayrshay oo uu u taagan yahay in
Afrikaanku isu taliyo. Ra'yigaasina noogu muuqday mid
Itoobiya ay ka heli karto dhego u raaracsan marka gol-
jilaycaa laga maro. Dhambaalkii sidii ayuu wasiirku ku
gudbiyay oo iyagoo wada qoslaya ayuu ka soo baxay
xafiiskii Madaxweyne Idi Amin.

Saddexdii maalmood ee aannu sii joognay waxa na la
dejiyay huteel. Sida huteelku u dhan yahay wuxuu ku
dahaadhan yahay macdanta naxaasta ee qaaliga ah.
Shirkii ugu horreeyay ee Idi Amin ku soo dhoweynayay
madaxweynayaasha Afrika ayaa loo dhisay in la dejiyo.
Huteelku waa dhawr qaybood oo la isa ga gudbo.
Qolalkiisa iyo adeegga kale ee uu leeyahay la ma soo
koobi karo. Dal iyo dawlad horu martay ayaa iska xejin
kara maamulkiisa, dayactirkiisa iyo farakuhayntiisa
joogtada ah. Saddexdayadii midba meel adeeggiisu u gaar
yahay oo isku qoofalan yahay dhinaca jiifka, cuntada,
fadhiga iyo soo-dhoweynta ayaa na la kala dejiyay.
Annaguna dad kala fogaan karayaba ma nihin, gaar
ahaan marka laga fiiriyo hawsha aan u soconno. Inta
hurdada mooyee, waa in aan wada joognaa.. mar aannu
wada tashanayno oo aannu wax isla dejinayno iyo mar
aannu sheekaysanayno oo war, faallo iyo doodba is
weydaarsanayno. Kharashka huteelkaa ku baxay
dhismahiisa iyo sii-hayntiisa ayaa wax badan ka sheegaya
majaraha uu taliskaasi haysto.

Kenya
Safarkii rasmiga ahaa markuu noo dhammaaday,
ayaannu isku soo shubnay dalka Kenya, iyadoo aannu
20

markan dhinaca Uganda dhulka soo marnay, annagoo wadanna baabuurkii safiirka. Laba maalmood oo aannu dhowraynay diyaaradda Somali Airline ayaanu ku sii nasannay magaalada Nairobi. Iyada lafteeda sheeko iyo shaahid wax badan oo xusid iyo xusuusreeb leh waannu kala kulannay ee baabkii filimku innoogu socday ayaanay soo gelayn. In lala sugo marka khaanaddeeda la furayo ayay ku habboon tahay. Muqdisho iyo dalkii aannu 28 maalmood ka soo maqnayn ayaannu u ambabaxnay, ee warbixinta halkaa ka la socda.

Warbixinta Weftiga

Tijaabo igu cusbayd oo anigu aanan hore u la kulmin una maqal: Markaannu safarka bilawnay, waxaannu qorshaynay oo wasiirka M. Sh. Cusmaan taladeeda lahaa, in shir kasta oo aannu galno ka bacdi, fadhi noo gaar ah wada yeelanno saddexdayadu. Sidaas darteed wixii aan is dhaafsannay madaxdii dalalkaas iyo casharro wixii aannu u aragnay in laga xuso si dawladdu xisaabteeda ugu darsato, ayaannu qoraal ku dejin jirnay intii safarku noo socday. Safarku markuu noo dhammaaday, ayaa wasiirka M. Sh. Cusmaan iga codsaday in qoraalkaas oo garaacan, dhawr nuqulna laga sameeyay, loo diyaariyo si uu madaxweynaha ugu geeyo. Xoghayntiisa wasaaradda ayuu xilka makiinad-garaaca iyo farsamada u saaray, aniga isku-dubbarridka kamadambaysta ah ayuu ii diray. Qoraal 30 xaansho oo isku qobtolan ayaannu hawshii oo dhan isugu geynay. Wasiirku ballan uu warbixintiisa ku dhiibto ayuu Madaxweynaha ka qabsaday. Markii uu u tegayna, intii afka la iska yiri mooyee, qoraalkii Madaxweynaha u socday ayuu farta ka saaray. Sida aan wasiirka ka ogaaday, Madaxweynuhu wuxuu la yaabay

21

warbixinta qoraalka ah, ee daabacan ee sida qurxoon ee taariikhgalka ah wasiirku u soo habeeyay. Isagoo hawsha wasiirku soo qabtay ku ammaanaya, ayuu Madaxweynuhu u qabtay maalin gaar ah in iyagoo intaa ka badan uu wasiirku warbixintan ka soo jeediyo. Ballantii la isugu iman lahaa ayaa Madaxweynuhu isugu yeeray wasiirradii kale ee dhambaallada loo kala dhiibay. Wasiirku intii buu aqris iyo siijilcin kula noqday warbixintii uu awelba taladeeda iyo tabaabushaheeda lahaa. Kulankaasi madaxtooyada ayaa lagu qabtay oo sidan ayuu u dhacay:

Madaxweyne MSB ayaa wasiirradii isu yimi mid walba nuqul gacanta u geliyay oo wasiirka M. Sh. Cusmaan ku yiri, "Galabta waad u jeeddaa oo adaa laguu yimid ee soo daa waxaad i noo haysid." Wasiirku warbixintiisii si fudud oo caqiibo leh intuu boggii u horreeyay ka bilaabay, ayuu geeska kale uga baxay. Wasiirrada kale sida la qiyaasi karo mid waliba nuqulkiisa ayuu ku fooraray oo aqriska wasiirka M. Sh. Cusmaan ayuu la jaanqaadayay isagoo asluub-wanaagga wasiirka u qushuucaya. Markii uu wasiirku ka bogtay warbixintiisii ayaa Madaxweyne MSB kuwii kale ku yiri: "Sidaas oo kale ayaa warbxinta loo soo diyaariyaa, Maxamed Sh. Cusmaaanna wuu ku mahadsan yahay casharkan uu galabta i noo dhigay."

Ku yara naso
Siddeed dal oo qaaradda Afrika diillinta Equator-ka koonfur ka xiga, safar 28 maalmood lagu kala bixiyay, shaki ku ma jiro, qofkii nasiib u hela, qalin bilan u qaada oo buug ka dejiya, inay 'geedka' faqriga la yiraahdo si roon u kala xiriir furanayaan. Annaga se tii na loo soo

22

diray – dhambaal-qaybinta – haddaanu xilkeeda ka soo baxno ayaannu ku buro sidnaa, wax kale iska daaye. Misna, rab ama ha rabinee, kolleyba wax badan ayaannu safarkaas kula kulannay oo aannaan hore haabka ku hayn. Kuwo barasho iyo cashar-korodhsi leh iyo kuwo maad iyo kaftan badan. Ma ay tiro yarayn ee bal aan mid degdeg ah i nooga soo qabto dalkii noogu horreeyay ee Lesoth.

Waa koonfur halkii ugu durugsanayd ee aannu gaarnay iyadoo duulimaadkii Xamar ka bilowday uu na la soo maray Qaahira, Roma, Nairobi, Johannesburg, jeer uu Maseru nagu hubsaday. Saddexdayada wefdiga ku wada socdaa muddo aan laba sanno ka badnayn madaxtooyada ayaannu ka wada shaqaynaynay, markan aniga keliya ayaa ku sii haray. Saaxiibkay Axmed I Biixi ayaannu ku heshiinnay in dal walba inta la joogo aannu dalxiis ahaan wax ka faa'idaysanno. Caasimadda Maseru xaggee ka abbaarnaa?

In huteelka aannu deggan nahay ka bilawno ayaannu isku raacnay. Baar iyo kafateriye dabaqa hoose ku yiil ayaannu u degnay. Dad badan ayaa fadhiyay. Kuwo u dhashay dalka iyo kuwo marti ku ah sidayada. Fariisannay. Cabbaar yar ka dib, laba gabdhood ayaa si asluub leh intay nooga fasax qaateen nagu soo biiray. Fursad aan ku waraysanno, annaguna ugu warrano, ayaan u aragnay inay tahay.

Maxaynu ka waraysannaa? Dalka, dadka, dhaqanka, siyaasadda, cimilada, iyo kuwo shakhsi ah, sida meesha ay deggan yihiin iyo shaqadooda. Mid se hore ayaannu Axmed iyo anigu uga sii ballannay; in aan gabdhaha saddex su'aalood marna lala soo qaadin: Da'dooda,

23

diintooda iyo in la qabo iyo in kale. Saddexdaasi waxay galaan khaanadda loo yaqaan 'Haasaawe-dilka.' Judhiiba, muuqaalkooda, hadalkooda, iyo lebbiskooda waxaa nooga baxay inay yihiin kuwo reero ladan ka dhashay oo ka duwan kuwo kale oo aad garan kartid markooda horeba inay baarka u yimaaddeen baashaal iyo shukaansi. Aniga su'aalahayga qarax iyo koosaarla'aan ku wajehan wax-korodhsi ayaa si roon uga muuqatay. Saaxiibkay Axmed wuxuu isagu isu dhex waday kuwo wax weydiin iyo haasaawe duurxul ku jiro. Dhawr jeer ayay 'u-hoos-gelinta' ku garteen iyagoo kaftan ugu jawaabaya: "Ha ka yaabin!".. "Ha isku daalin, waad hungoobi'e!" (that is a wishful thinking.. you must be daydreaming.. you're being too romantic..). Markaannu kala tagnay ayaa Axmed si kaftan ah iigu yiri, "Siciidow, toban kuwan oo kale ahi dalkeenna way maamuli lahaayeen!" Madaxa ayaan u ruxay aniga oo xusuusan su'aashaydii ugu dambaysay sida ay gabadhu iigu jawaabtay. Intaan gabdhaha la kala tegin ayaan jeclaystay inaan labada maalmood ee weli noo laaban midkood aan huteelka ku kulanno oo is aragno. Kolkaas ayaan magaceeda oo dhan weydiiyay. Keeda keliya ayay ii sheegtay. Intaan qalin u taagay ayaan ku iri: 'Fadlan, ii qor.' "Adigu qoro," ayay igu tiri. Sidan ayaan u qortay: BULAWANI. Intay eegtay ayay afka iiga sheegtay higgaadda saxa ah: BOLOANE. Isagoo sax ah ayaan markan qortay. Intay si buuxa wejigayga u fiirisay ayay igu tiri: "Imminkaanad illaawi doonin. Mar waad ku dhawaaqday, mar waad qortay, marna waa laguu saxay aad dib u qoratay." 35 sanno ayaa maalintaas ka soo wareegay, weli waan xusuusnahay, magaciina iga ma qaldamin. Boloane. Tolow maxay ku dambaysay!

GENERAL GIAP IYO MAANSADA GALANGAL
2014

Nimanyahow ma guurtada xuska leh geliyey diiwaanka
Biyaanfuu gulcubihii dhaciyo galalki dhiigoobey
Faransiiska wiishkii la go'ay saw la garan mayo!

Maantana geddii baa dhacdiyo tii gefkii hore'e
Baariis dabkii lagu gubaa Waashindoon galaye
Galoof-ololka way leeyihiin qab iyo guul-guule

Marka runi runteed geydo way gamashi-dhiiqaane
Haddii laysku sii giijo way galangalcoobaane
Weligoodba guul kala ma tegin meel garaad jiro.

(Maansadii GALANGAL, ee Hadraawi 1971)

Biyaanfu: waa Dien Bien Fu, goobtii uu General Giap ku
jebiyey ciidankii Faransiiska 1954.
Waashindoon: waa magaalada Washington oo markaas
looga jeedo taliska Maraykanka ee ciidankiisii laga saaray
Vietnam 1970-aadkii General Giap oo u dhashay dalka
Vietnam ayaa 102 jir ku geeriyooday. Maansada
GALANGAL uu Hadraawi curiyey ayaa imminka 42
jirsatay.

Sannadku waa 1971. Goobtu waa Muqdisho, caasimadda
Jamhuuriyadda Soomaaliyeed (JDS). Munaasabaddu waa
wefdi ka socda dalalka marka la isku wada qaado loo
yaqaan INDO CHINA; marka hal hal loo furfurana
noqonaya Vietnam, Laos Iyo Cambodia. Wefdigan yimi,
sida badanaa dhacda, ma aha mid ka socda dawladaha

dalalkaas ka taliya; ee waa ururro dalalkaas ka socda oo dagaal kula jira talisyada dalalkooda iyo kuwa dibedda ka taageeraya. Maxaa ururrada Indochina iyo Soomaaliya isu keenay? Maansada Galangal iyadu maxay tahay? Jananka lagu sheegay Giap isagu muxuu ka dhex qabanayaa wefdiga? Dhammaantood waa arrimo si isugu murugsan ee halka ugu fudud aan ka abbaarno.

Dalka soomaaliya ciidanka militariga ah, oo xilligaa jacaylka loo qabay lagu magacaabi jirey 'Xoogga Dalka Soomaaliyeed,' runtiina magacaa si walba ugu qalmi jirey, ciidankaa ayaa taladii dalka kala wareegay xukunkii rayidka ahaa 21-kii Oktoobar 1969. Garo oo markaas 'Kacaankii' lagu dhawaaqay wuu laba jirsadey. Sannad ka hor 1970-kii, Golihii Sare ee Kacaanku bayaan uu soo saaray ayaa qeexaya in dalka lagu maamuli doono habka 'Hantiwadaagga.' Xoogga dalka soomaaliyeed, tacliin, saanad, iyo tabbabarba waxaa siiya Midowga Soofiyeeti (Ruushka iyo bahdiisa). Xilka kale ee Midowga Soofiyeeti lagu yiqiin waa garabsiinta dadyawga gobannimadoonka ah ee weli gumeysiga ku hoos jira cadaadiskiisa. Arrimahaas ayaa keenay in Soomaaliya oo xilligaa u muuqatay goob qaaradda Afrika ku taal oo gobannimadoonku si dhab ah ugu soo hiran karaan; Midowga Soofiyeetina kaalmo buuxa la barbar taagan yahay. Dalalka Indochina, sidaan soo sheegnay waxay dagaal kaga hor jeedeen talisyada iyaga xukuma iyo Maraykanka oo ku qaraabta.

Waa 42 sanno ka hor oo xaaladda adduunku ku sugnaa xilligaas ay si weyn uga duwanayd tan aynu maanta u jeedno. Xilligaas waxaa lagu tilmaami jirey 'Sebenkii
26

Dagaalka Qabow.' Taasoo micnaheedu yahay adduunku laba quwadood ayuu u kala qaybsanaa iyo kuwo kala hoos yimaadda. Galbeedka oo ku kulansan gaashaanbuurta NATO oo Maraykanu hoggaamiyo; iyo bariga oo ku midaysan gaashaanbuurta WARSAW oo Midowga soofiyeeti mayalka u hayo. Bilawgii 1990-aadkii, qarnigii la soo dhaafay, ayaa isu dheellitirnaantii miisaankaa labadaa quwadood uu khalkhal ku yimi, markii Midowga Soofiyeeti iyo gaashaanbuurtii Warsawba ay sidii tusbax furtay kala daateen. Sidaas darteedna, loo jeedo in maanta uu Maraykanku keligiis isagoo NATO wata uu dunida ka doobinayo. Intii kale ee soo raacdana uu garabkiisa meel uga banneeyo. Qaaradda Afrika xilligaas 1971, dalal badan oo waaweyn ayaa weli gumeysiga gacantiisa ku sii jirey:

- Koonfur Afrika, midabtakoorka tirayarta caddaanka ah ayaa ka talin jirtey.
- Zimbabwe oo berigaa la oran jirey Rhodesia, ayaa iyana haraa caddaan ah oo boqortooyada Britishku ku dhaaftay ay xukumaysay.
- Namibia ayaa Koonfur Afrika berigaas hoos iman jirtey.
- Dalalka Angola, Mozambique, Guinea Bissao iyo Cape Verdi ayaa dawladda Portugal oo lagu tilmaamo kuwa Yurubta galbeed tan ugu miciin liidata ay ka talin jirtey. Dalka Shiinaha ee maanta lala socdo heerka ay awooddiisu ku siman tahay, mid dad, mid dhaqaale, iyo mid ciidanba, ayaa waqtigaa kursigii uu ku lahaa Ururka Qarammada Midoobay (UNO) ay jasiiradda Taiwan fadhiday. Dalalkaa Afrikaanka ah mid aan ururkiisa xornimada u halgamayay madaxdiisu aanay iman Soomaaliya ma jiro. Mid aan hiil iyo hooba loo deeqin ma

jiro. Mid aan loo heesini waa yar yahay. Ku darso dalka Falastiin, Eritrea iyo Seychelles laftooda.

Way jireen dad Soomaaliyeed oo qabey in deeqdaas iyo isgarabtaagga ururradaas ay Jamhuuriyadda Dimuqraadiga ee Soomaaliya (JDS) ka ahaayeen beer-laxawsi, Ruush-raac iyo durbaan-tun aan ummadda Soomaaliyeed waxba uga dan ahayn. Aragtidaa waxaa ka soo hor jeedday, oo xagga shicbiga kaga xoog weynaa, tan oranaysay: Inta weli geyi Afrikan ahi uu gumeysi ku hoos jiro, adiguna gun baad tahay, xornimada uu hantaana, waa mid kuu dhalatay, madaxbannaanidiisuna waa awood iyo horumar kuu soo korodhay. Sheeko buug laga aqristo, iyo filim la daawado, si kasta ha loo qurxiyo, marna ma gaari karaan, xagga saamaynta iyo cashar-kordhinta, tan laga kasbado marka si toos ah loo la kulmo halgamaa nool oo qadiyaddooda xaq-u-dirirka ah ka warramaaya.

Madaxdii gobannimadoonka Afrika dareenkii iyo casharradii ay dadka Soomaaliyeed, gaar ahaan dhallinyarada, ku reebeen mid la yaraysan karo ma ahayn. Kuwa Indochina ka socday iyaguna tay u yimaaddeen khaanaddaas ayay ku arooray lafteedu. Abwaanka Soomaaliyeed ee caanka ah Maxamed Ibraahim Warsame "Hadraawi," ayaa maalintii wefdigaas la soo dhoweynayay ee la isugu yimi Golaha Tiyaatarka Muqdisho, maanso gibil dubaaxinaysa ka tiriyay goobtaas igman. Maansadaa ayaa magaceedu ahaa GALANGAL oo laga daalacan karaa diiwaanka abwaanka Hadraawii ee la yiraahdo HAL KARAAN. Maansadaas lagu xusayo halgankii dadka reer vietnam guulahoodii, iyo geesiyadii hoggaanka u hayay ayuu ka tirsanaa GENERAL GIAP. Waa ninka dalkaas gudihiisa ku magac xiga, xagga maamuuska iyo magac-dheerida, hoggaamiyha dalkaas ee Ho Chi Minh. Taariikhda dagaalladii adduunka ka dhacay, weli lama sheegin taliye ciidan oo laba dagaal oo baaxaddaa leh ku wada guuleystay sida General Giap-ka reer Vietnam oo kale. Ciidanka Faransiiska ayuu ku jebiyay fagaarihii Dien Bien Fu oo uu ka saaray dalkiisa 1954. Ka dibna, kii adduunka ugu tookh iyo tanaad weynaa, muruq iyo maal badnaa ee Maraykanka ayaa duhur cad shadafihiisii ka gurtay dalka Vietnam markii ciidankiisu holac iyo halaag kala kulmeen halgamayaashii uu Jananka Giap hoggaaminayey 1970-aadkii. Halyeygaa u dhashay dalka Vietnam ayaa 4-tii Oktoobar 2013 ku geeriyooday dalkiisa. Sharafta intaas le'eg markuu dalkiisa u soo hooyay ayuu ka xijaabtay asagoo 102 sanno ifka soo joogay. Maamuuska iyo qaddarinta ugu weyn ayaa shicbigiisu ku sagootiyeen geesigaas lama-illaawaanka ah.

Maansadii Hadraawi ee GALANGAL oo iyadana ay ka soo wareegtay 42 sanno, ayaan is weydiiyay inta bal maansadan akhrisatay ee isku xiri karta waxay Janankan wadaageen. Waa adduunyagaddoon oo la yaabi maayo in dad tira yari uun garan karaan berigaa xiriirka dhex maray Muqdisho, Indochina, Vietnam, Laos Cambodia, Gobannimadoonka Afrika, Falastiin, dadka iyo abwaannada Soomaaliyeed iyo horusocodka adduunka. Sababta aanan ula yaabayn, waxaan si buuxa ula socdaa ummaddii, Soomaalidii, beri beryaha ka mid ah Afrika iyo Aasiya ay sidaas u miciinsan jireen markay ribbato, ayaa maanta ayaandarrida xaaladdeeda ka muuqataa runtii tahay mid laga qaadayo qayayaab iyo af-kala-qabad. Ummaddii Soomaaliyeed waxay ka dhexaysaa:

- In geyigii weli ku caanseersan oo nabad iyo xassillooni loo dacareeyay, iska daa qarannimo iyo horumar la higsado.
- Inta ugu nasiibka badan oo qaxootinnimo dalal shisheeye loogu yabooho.
- In badweynta qaaradaha Yurub iyo Afrika dhexdooda iyo dhulka lamadegaanka ah raqdooda loogu tegayo iyo in aan is dhiibin ee weli rejadoodu saaran tahay waxay kala bixi doonaan loollanka dalka gudihiisa ka aloosan – Garba-weynta hadba gobol isku cayrsanaya ee isku cunaya iyo shirarka caalamiga ah ee hadba caasimad dhalaal weyn loogu qabanayo, natiijooyinka ka dhasha.

Aniguna quus ma joogo; haddii kale ma aan xusuusteen dhacdadan 42 sanno ka soo wareegtay ee geesiyadii Indochina ka soo boqoolay Xamar lagu soo dhoweynayay. Hadday libini ku jirto, aniga ayaa qabanqaabada shirkii maalintaa u xil saarraa. Saaxiibkay Hadraawina kaalintaas cuddoon kaga beegay.

KULANKII DHALLINYARADA ADDUUNKA
New York – July 1970

Shan Soomaliyeed ayaannu ahayn. Saddex wiil iyo laba gabdhood. Imminkana afar ayaanu ku soo harnay. Waxaa naga dhex baxay Cabdirasaaq Xirsi Faarax. Wuxuu Cabdirasaaq ahaa maamule ka shaqeeya Bangiga Qaranka ee Muqdisho. Guryaha bangigu dhistay ee ku yiil jidka loo maro garoonka diyaaradaha ee Xamar ayuu degganaa isaga iyo xaaskiisu. Curashadii 1991-kii markii ay dawladdii dhexe ee militarigu shuf beeshay, dalkiina dooxatada iyo dhallaan-dubatadu ka dillaacday ee lays cayrsaday ee la is cunay ayaa guriga loogu yimid oo lagu bireeyay. Hareerihiisa wuu u jeeday in mashriq iyo maqrib loo kala haaday ee waxay ugu la muuqatay dad dhoohan oo waalliyi ka eryayaso minankooda. Ciddii isku dayday inay u digtana wuxuu ugu jawaabi jiray: "Xaggaan u kacaa, gurigaygii ayaan joogaa'e! Haddii aan gurigayga nabad ku waayo, ma qax iyo carar baan ku helayaa?" Cabdirasaaq Xirsi Dheere (Alla ha u naxariistee) tiisu ma aha ta shantayada isu keentay ee aan warkeeda u holladay.

Waa xagaagii 1970-kii bishii Luulyo. Go'aan ka soo baxay Ururka Qarammada Midoobay ayaa guddoonsaday in dhallinyaradii la kowsatay ururkaas oo xilligaas da'doodu gaartay 25 sanno, kulan loogu qabto xarunta Qarammada Midoobay ee New York, lana hor dhigo arrimaha xasaasiga ah ee loo asaasay ururkaas; si loo eego iyaguna, jiilkan cusubi, siday u arkaan ee ay la tahay. Dal kasta oo xubin ka ah ururkaas waxaa laga marti qaaday shan dhallinyaro oo isugu jira wiilal iyo gabdho inay kulanka New York lagu qabanayo Luulyo 1970-ka ka soo

31

qayb galaan. Shantii loo xulay inay dalka matasho ayaan ka tirsanaa. Afarta kale ee igu weheliyay waxay kala ahaayeen:

- Cabdirasaaq Xirsi faarax, ninkii aan ka soo warramay oo kooxdayada madax noo ahaa.
- Canab Maxamuud Xasan, saxafiyad dalka Masar tacliinteeda sare ku soo dhammaysatay oo wasaaradda warfaafinta ka shaqaysa.
- Cabdilqaadir Nuur Salaad, (C. Fiisiko) Bare wax ka dhiga dugsiga sare.
- Xaawa Gamaaluddiin, ardayad ka soo baxday dugsiga sare. Intayadaba waxaa na magacaabay Gaashaanle Jaamac Cali Jaamac oo madax ka ahaa Xafiiska Xiriirka Dadweynaha ee GSK, aniguna aan kala shaqaynayay.

Xilkayaga iyo xaaladda dalka iyo adduunku ku sugnaa
Adduunku Bari iyo Galbedd ayuu u kala qaybsanaa. Bariga oo ka kooban beesha hantiwadagga ee ku bahoobay gaashaanbuurta Warsaw ee Midowga Soofiyeeti hoggaaminayo; iyo tan galbeed ee gaashaanbuurta NATO ku wada jira ee Maraykanku hormood u yahay. Awoodda saddexaad ee xilligaas iyaduna muuqaalka lahayd waa Ururka Dawladaha Dhexdhexaadka oo tixgelintiisa lahaa. Halgan gobanimodoon oo kulul ayaa ka aloosnaa qaaradaha Afrika iyo Aasiyaba, Kuwaas oo si toos ah ugu xirnaa dawladaha dhexdhexaadka iyo beesha bariga ka soo jeedda. Wefdiyada shan-shanta dhallinyaro ee ka socda dalalka xubnaha ka ah Ururka Qarammada Midoobay (UNO) ka sokow, waxaa iyana jiray ururro caalami ah oo dhallinyarada iyo ardaydu leeyihiin, sida Ururka Dhallinyarada Dimuqraadiga ee Adduunka (WFDY) iyo

ururka Ardayda Adduunka (IUS) oo iyana laga marti qaaday kulankaas oo kaalin miisaan culus ku fadhiya.

Xaaladda dalka gudihiisa, siddeed bilood oo keli ah ayaa ka soo wareegay maalintii ay militarigu taladii dalka kala wareegeen maamulkii rayidka ahaa. Weli mabda'a Hantiwadaagga cilimiga ku dhisan iyo mid aan ku dhisnayn toona la ma qaadan. Weli heesaha beri dambe dad dhibsaday dadna dhowaystay may soo bixin, sida:
- Samadiidow dabin baa kuu dhigan, lagugu dili doonee
- Cimrigii jiryow caynaanka hay, weligaa hay
- Kii dhuumanayee dhabarku muuqdow..

Dalka gees ka gees, nabad baa maashaysay oo la wada mahadiyay. Farxad siyaasadeed oo xawaaraynaysa, wadaninnimo qiire fatahaysa oo lixdanaadkii dadka ugu dambeysay, iyo rajaqabka ummadda oo rabta inay cirka soo taabato ayaa ka aloosan dalka gudihiisa.

Sidii kacaanku dalka uga curtay, waxaanu nahay wefdigii ugu horreeyay ee dalka magaciisa dibedda ugu dhoofa. Shantayada hammada nagu jirtaa waa mid la jaan qaadaysa xaaladda dalku ku sugan yahay. Xilka qaran iyo haybadda ummadda ee garbaha noo saaran ayaan ku tanaadaynaa, kuna mintidaynaa sidii aannu uga lib keeni lahayn. Dareenkaas annaga oo qabna ayaannu diyaaradda Alitalia garoonka Xamar ka raacnay goor barqo ah. Caasimadda dalka Talyaaniga ayaannu ku sii nasannay habeenkii. Maalin, labaadii New York ayaannu ka degnay. Qayb uu wefdigayagu ka tirsan yahay waxaa la dejiyay magaalada Manhattan ee New York, shaaric aan ka fogayn xarunta Qarammada Midoobay. Bilawgii
33

ilaa dhammaadkiina shirku waxuu ka socday xaruntaa. Arrimaha culculus ee la rabo inay dhallinyarada kulankan isugu timi ka wada hadlaan ee isla markaa ah kuwii ururkaas loo asaasay, waxay yihiin afartan:

- ARRIMAHA SIYAASADDA, oo nabaddu ugu horrayso. Qaybtaa Cabdilqaadir Nuur iyo aniga ayaa na lagu qoray.
- ARRIMAHA WAXBARASHADA, Canab Maxamuud iyo Xaawa Gamaaluddin ayaa noo qaabilsanaa.
- ARRIMAHA HORUMARKA ee dhaqaaluhu u horreeyo waxa u qaybsan Cabdirasaaq Xirsi, hoggaamiyaha kooxdayada.
- QAYBTA CAAFIMAADKA & BADBAADINTA DEGAANKA, in aannu soo fiirinno sida wax uga socdaan mooyee, cidi noogu ma jirin.

Meel dhallinyaro intaas tiro le'egi isugu timi waa la garan karaa buuqa, bullaanka, iyo murankulayka ka taagan. Shinni godkeed waxaan ahayn ma mooddid. Kooxdayada Soomaaliyeed waa ka sii xag jirnaa. Waxaan u qabnaa in ummaddii Soomaaliyeed ee Geeska Afrika aannu kaga nimid inay annaga isha nagu hayso oo aanay hawl kaleba u jeedin. Sidaas awgeed daqiiqad naga luntaa waxay noo ahayd dembi aan cafis yeelan karin. Maalmihii ayaa dhaqso isu guray. Shirkii baa soo gebagaboobay. Afartii qaybood guddoomiyayaashoodii ayaa warbixintoodii iyo go'aammadii qayb waliba gaartay ka soo jeediyay golaha weyn ee madaxda dalalka adduunku khudbadahooda ka jeediyaan sannadkiiba marka la isugu yimaaddo Ururka Qarammada Midoobay, bisha Noofambar. Sebenka oo si weyn u la jira, iyo waaya aragga iyo maamul-wanaagga

34

ay adeegsanayeen dhallinyaradii goobtaas isugu timi ,
kooxda horusocodka iyo gobannimodoonka ayaa
doodahaa socday ku gacan sarreeyay. Annaguna kuwaas
ayaannu si cadcad uga dhex muuqannay.

Intii shirku socday waxaa si joogta ah talo iyo taakulayn
nala garab taagnaa ergadii Somalia u fadhiday New York,
gaar ahaan Xasan Cabdille Walanwal (Xasan Kayd) iyo
Faaduma Isaaq Biixi.
Guriga Xasan Aadan Gudaal iyo marwadiisa Xaawa
Yuusuf Cigaal kama fogayn xarunta UQM oo mar walba
wuu noo furnaa. Xasan si lama-illaawaan ah ayuu noo
gacan qabtay oo isagoo dhugma-dheeri iyo deeqsinnimo
isku darsaday ayuu na geeyay suuqa oo dhar iyo wixii
kale ee dhallinyaro dalkii ka timi u baahan tahay noo
iibiyay. Hoggaamiyaha ergada Somalia u fadhida
Qarammada Midoobay, Cabdiraxiim Caabi Faarax,
maqaam weyn ayuu ku lahaa UQM dhexdiisa. Taasina
sed weyn oo aannu kaashanno ayay noo ahayd. Isaga
laftiisu wuu na soo kormeeri jiray hadba halka xaal noo
marayo. Markii shirka na loo soo xirayna, casuumad gaar
ah ayuu noogu sameeyay gurigiisa. Isagoo weliba soo
marti qaaday akhyaarka Saalim Axmed Saalim ee UQM u
fadhiyay dalkiisa Tanzania. Wefdigayaga iyo ergada
Soomaaliyeed ee aannu Maraykan ugu tagnay sidaanu u
wada dhaqannay waxay muujisaa in ummaddu markay
is jeceshahay ee isku duuban tahay, xaalad kasta ha ku
jirtee, wax la buruud ah ama la burji ah la sheegi karin.

Si kale lagu ma garan karo kaalintii ay kooxdayadu ka
ciyaartay kulankaas ee markii shirkii dhammaaday,
qiimaynta sida wax u dhaceen iyo natiijadii ka soo baxday

isu-imaatinka dhallinyarada adduunka waxa soo qoray wargeyska caanka ah ee NEWSWEEK . Galka wargeyska ee gudaha (periscope) sawirka ee shirkaa laga soo qaaday waxa uu ahaa kii wefdiga Soomaaliyeed oo ka dhex muuqda qaybtii siyaasadda. Sannadihii ka dambeeyay shirkaa, kulan dhallinyarada adduunku isugu yimaaddaan oo aan laga marti qaadin Soomaalida, ma uu jirin. Taasina beri bay ahayd. Afartan sanno ka dib, xaaladda adduunka ayaa si weyn isu beddeshay:

- Jamhuuriyadda Dadka Shiinaha ayaa kursigeedii Qarammada Midoobay ku fadhiisatay, horena jasiiradda yar ee Taiwan ay ugu fadhiyi jirtay iyadoo kunka malyuun ee shiinuuhu ka koobmo magacooda sheeganaysay!

- Dalalkii la gumeysan jiray ayaa wada xoroobay. Kuwii Burtuqiisku gumeysan jirey iyo kuwii ku hoos jiray midabtakoorta tirayarta caddaanka, oo iyana xukunkii midabtakoorka qaaradda Afrika ka tirtiray, kuna hubsaday iil aan kasoonoqod lahayn.

- Dhinaca kale dalkii Midowga Soofiyeeti ayaa kala furfurmay. Beeshii Hantiwadagga ee Bariga Yurub ayaa kala tagtay. Gashaanbuurtii Warsaw ayaa kala socotay.

- Ururkii dawladaha dhexdhexaadka ee 70-aadkii tixgelinta mudnaa ayaa laciifay oo maanta aan wax-ka-soo-qaad lahayn.

Tan ummaddeenna Soomaaliyeed soo martay oo kale hore loo ma sheegin. Kucelcelinteedu war la xiisayn karo ma uu soo kordhinayo. Xaggee shantayadii maanta ku sugan nahay? Ummaddii aannu xilligaas magaceeda iyo milgaheeda sidannay ayaannu wax la qabnaa, sareedo iyo saxariirba. Canab Maxamuud iyo anigu, rarkii waxaannu ku furnay magaalada London ee Britaaniya. Cabdilqaadir Nuur Salaad iyo Xaawa Gamaauddiin waxay ku nool yihiin dalka Maraykanka. Cabdirasaaq sidaan hore u soo sheegay wuu xijaabtay, AHUN. Midda se casharka ku jira aan marna la fududaysan karini waxay tahay: 40 sanno ka hor annaga oo intaas ka aqoon iyo khibrad liita, haddaan kaalintaan soo sheegay ka soo dhalaalnay, waxaan shaki ku jirin, ha iska gadgaddoon badato dunidu'e, in dhallinyarada maanta joogta oo kun jibbaar naga aqoon iyo ilbaxnimo sarraysaa, casri xawaaraynayana ku nool, inay haddaan laga harin, ummaddooda ku simi karaan in ay adduunka ka fadhiisato goobta magaceeda iyo mudnaanteeda u qalma dhinacii laga eegaba.

FARRIINTA 'TORONTO'
IYO
CAASIMADAYNTA 'HARGEYSA'
2014

"Nimaan dhul marini dhaayo ma leh" Sheekooyinka dal-mareenku curiyaan, xiisahooda wax u dhigmaa ma jiraan. U-safarka dal cusub, la-kulanka dad cusub, barashada dhulkooda, dhaqankooda, Hab-nololeedkooda, dareenkooda iyo dadnimadooda, anshaxa iyo adduun-araggooda, waxay kugu dhoweeyaan garashada adduunka aynu ku nool nahay sirtiisa aan salkeeda la gaari karayn. Degaankaagii, dalkaagii iyo qarankaagii aad beri beryaha ka mid ah u haysatay inay adduunka ugu sitaan dhinac walba, ayaad ka kortaa oo aqoon iyo waaya-arag hor leh korodhsataa.

Waa markii iigu horreysay ee aan dalka Kanada (Canada) booqasho ku tago. Walaal aannu dhowr iyo soddon sannadood is moogganayn ka-war-doonistiis, saaxiibbo aanu Kanada ku wada kornay, wax ku wada barannay, xusuus sal-ma-guurta ah wadaagno la-kulankood, iyo Soomaalida faraha badan ee maanta dalkaas ku nool xaaladda ay ku sugan yihiin. Intaas oo ay weliba ii weheliso bal inaan dalkaas baaxadda weyn ka soo daymo-sugto, ayaa safarkaas iigu wacnaa.

Dayuuradda oo soo degaysa Toronto, markaad cirka ka soo daalacatid, si baaxad leh ayay isu kala bixisaa. Daaro joog dheer iyo kuwo gaagaaban, doogga dhulka waran, dhirta caleemaha ballaaran ee mur-baxay, waddooyinka kala qaybinaya, ayaa bilicda iyo quruxda magaaladaas lagu tilmaamo siinaya. Muddada ay qaadatay, hawsha gashay iyo xeeldheerida loo kaashaday, maalka la geliyay, maamulka ka dambeeya, intaas oo isu dugsaday ayaa Toronto muuqaalkaas dadkeedu ku faano oo ku fara yaraysto gaarsiiyay, ciddii soo booqataana ku majiirato oo jeclaysato in casharro laga kororsado. Casharka u horreeya wuxuu noqonayaa: Sidii loo tixgelin lahaa facaadda soo koraysa iyo kuwa dhalanaya ee berrito xilka maamulku ku soo baxsan doono.

Magaalada Toronto ee Soomaalidu ugu badan tahay, dhirta aad ugu tagtaa waa kaymo is haysta. Biyuhu waa durdur aan marna cirku godolka dayn. Dhulka doog baa goglan. Meesha baadka iyo biyuhu ay sidaas ku yihiin, ayaa misna carruurta la baraa sidii ay dhirta iyo biyaha u ilaashan lahaayeen. Dawladda, ama cid gaar ah, sida shirkadaha, haddii ay rabto inay dhul bannaysato ay guryo ka dhisato, ama mashruuc kale oo faa'ido leh lagu qabanayo, guddi qaran iyo hey'ado bulsheed oo xeer iyo sharci adag raacaya jeer laga soo ansaxiyo mooyee, ma dhici karto in la bixiyo dhulkaas. Dalka laga hadlayaana, garo oo, hadda waa Kanada. Ifka ma jiro dal ballacaas leh oo kaymuhu jiq yihiin, biyuhu durdur aan kala go'ayn yihiin, cirkiisa roobku ka guurin, dadka ku dul noolina aanay ka badnayn dhawr iyo soddon malyuun oo misna sidaas u ilaashanaya baadka iyo biyaha ay sidaas hodanka ugu yihiin. Farriinta Toronto haddaan soo koobo: Dhul aan barwaaqo ahayn, dhul aan qurux lahayn, ifka ma jiro. Waxaa se jira dad faqiir ah oo aqoonta, caqliga iyo yahuunta ka faqiir ah. Dad foolxun oo aan manaafacsan karin hodannimada dhulkooda; faqriga iyo foolxumiduna korkooda ka muuqdaan. QURUX iyo HODONNIMO waa
40

kuwa aad tacab ku kasbatid, ku baahi tira ee kaa muuqda, aad ku tanaadid oo dunida kaga tirsanaatid. Marna ma aha kuwa geyigaaga iyo cimiladiisa ka muuqda ee aad caalwaa ka arradan tahay.

ISHA MAANKA ayaan ka soo laliyay badweynta Atlantiga oo la soo tiigsaday. Qaaradda Afrika Geeskeeda Bari. Hargeysa iyo goobtay ku taal ayay ishu ku mudan tahay. Garan maayo magaalo Soomaaliyeed oo ku taal goob, meel ahaan, muuqaal ahaan, cimilo ahaan u dhiganta dhulka Hargeysi ka dul dhisan tahay.

Caasimadaynta Hargeysa?! "Hargeysi awelba miyaanay caasimad ahayn? Yaa ku haysta?" Dadka qaarkood, gaar ahaan inta qarannimada Somaliland ay 'muqaddas' u tahay, cadho iyo yaab isku jira ayay ku kicinaysaa: "Markeedii horeba Somaliland xaqdarro ayaa aqoonsiga loogu diiddanaa, ee maantana ma Hargeysaa loo soo dhigtay, oo durba loo diiddan yahay inay caasimadda Somaliland tahay? Annagaa belo aragnay!!" Mar hadday sidaas tahay, si dareenka khaladka ah looga soo doogo, Hargeysana loo xaal mariyo, igu sin aan kuu saafee. Ha iga degdegin.

Halaag ummadda Soomaaliyeed ku habsada, looga ma horrayn dagaalkii 1977-8 lagu qaaday Itoobiya. Jabkii xoogga dalka Soomaaliyeed cuskaday, ayaa ahaa burburkii qarannimada ummadda Soomaaliyeed ee xiligaas dhisnayd. Intii ka dambaysay, waxaa lagu jiray maamulxumo, carcaraaf, iyo colaad xanuun badan oo sii gaamurasay. 1991 bilwogiisii ayaa taliskii dhagartaa u sal iyo sabab ahaa dalkii laga cayrshay. Dulmigii iyo falxumidii uu laasimay ayaa gudaha kaga burqatay. Shicbiga u sii adkaysan kari waayay kadeedkaas ayaa iska tuuray, iyadoo mucaaradka hubaysani uu ridmo kulul ka geystay. Qaran iyo dawladdii halkaas ayay ku galbadeen.

Markaan Hargeysadii aan hadal hayay u soo laabto, waxaa goobtaas loogu yimid Hargeysa oo galgalin laga yeelay. Beri hore uu goraygii ka hadaafay! Magaalada Cadan ayaan xilligaas ku ekaa. Hindi saaxiibkay ah, la yiraahdo Mushtaaq oo beri-samaadkii, lixdamaadkii yiqiin Hargeysa, kana shaqayn jiray shirkadda dayuuradaha ee Aden Airways ee duulimaadka toddobaad walba ku iman jirtey Hargeysa, Berbera, Burco iyo Ceerigaababa, ayaa markan bilowgii sagaashamaadka soo raacay dayuurad ay Yamantu leedahay – ALYEMDA – si loo sahmiyo in safarro cirka ah loo tegi karo Somaliland xilligaas. Mushtaaq ayaa garoonkii Hargeysa ka soo degey. "Ha lay geeyo Oriental Hotel," ayuu yiri. Meeshii ayaa la keenay, isagoo u qaba in baadiye kale loo sii marayo magaaladii Hargeysa ee uu beri yiqiin. "Waynu joognaa Oriental Hotel, ee xaggee rabtaa?" ayaa lagu celiyey. Agagaarkiisa ayuu fiirsaday. Kolkuu yiqiinsaday in gabaahiirta uu dhex taagan yahay ay Hargeysadii uu seben yiqiin tahay, ayaa miyir ugu dambaysay. Matag iyo muraaradillaac isku darsamay ayuu noqday. Isagoo miyir la' ayuu dayuuraddii dib u soo raacay. Maalmo yar ka dib, ayaannu wada kulannay isagoo aan weli si fiican u kala miiraabin. "Ii warran, maxaad safarkii Hargeysa kala kulantay?" ayaan weydiiyay. "Ha ila soo qaadin, Siciidow, ha ila soo qaadin," ayuu iigu celceliyay. Ka dibna wixii uu soo arkay ayaan tartiib-tartiib uga guray.

42

Goobtaas ayay ahayd Hargeysada maanta loo jeedaa. Nabadda la soo hooyay, dhismaha la tacjabaayo, waddooyinka magaalada isku xira, ganacsiga iyo isgaarsiinta casriga ah, jaamacadaha iyo dugsiyada waxbarashada ee dalka ku baahsan, golayaasha maamulka iyo axsaabta siyaasiga ah ee doorashooyin ku soo baxa. Shicbiga xilli walba heeganka u ah in wixii guulahaa wiiqaya meel uga soo wada jeestaan iyo qaar kaloo badan. Waa inta Soomaali kastaa, meeshuu doonaba ha ku noolaadee, uu ku ammaano Somaliland iyo kuwii halkaas ku soo simay. Shisheeyuhuna ka marag kacaan. Hargeysa, burburkii ummadda Soomaaliyeed cuskaday, waa goobta keliya ee la isku raacsan yahay inay si fiican uga soo doogtay dibindaabyadii, dakharradii iyo dabargoyntii lala maagay.

Waa maxay haddaa Caasimadaynta u dhiman ee aan sheegayaa? Inta la soo maray, guulaha la gaaray, haddii aanay lahayn yool lasii hilaadinayo, ma waarayaan. Dib-u-dhac ku yimaadda iska ma baajin karaan. Sidaas darteed, dhallinta soo koraysa iyo facaadda dhalanaysa haddaan loo sii qorshayn tubta ay raaci doonaan ee inta nooli iyadu uun isku gaafwareegto, laga ma badbaadi karo wixii shalayto soo maray ee xuxuusta iyo xanuunka badnaa.

Indho mustaqbalka diirradda saaraya ayaa loo baahan yahay. Daaro waawcyn, dhismo qurxoon, dukaammo cammiran, xaafado is kala feeraarinaya inta u dhexaysa Naasa-hablood, Abaarso, iyo Masallaha, Hargeysi way ka sii ballaaran kartaa; hase yeeshee intaas oo idil iyo maskaxda 'maalin-u-noolka' ah ee ka dambaysa ku ma

43

magaaloobayso. Haddii aanay magaaloobinna gunta ayay ka dumi doontaa, iyadoo aan dibedda laga soo weerarin. Cadhada gaamurta, quusta iyo niyadjabka dhallinyarada cidla-joogga isu arka, ku dhacaya ayaa ku filan.

Xaafad kasta jeer ay yeelato: dugsi quraan, goobtiisa waxbarasho, bannaankiisa, iyo ammaankiisa (qol afar derbi dhexdood, ubad laguma korin karo aayo laga rabo). Dugsiyada sare, sidoo kale ugu yaraan waa inay leeyihiin deyrkooda garoonka weyni ku dhex yaal. Mid waliba tababbarka isboortiga kubbadaha ku qabsado. Goobaha nasashada ee dhirtu ku beeran tahay oo xaafad waliba dhul u bannaysato. Garoommada tartanka ciyaaraha oo magaaladu dhawr goobood ku yeelato. Maktabadaha shicbiga iyo kuwo gaar ah oo degmooyinka magaalada ka hir gala. Xarumaha dhaqanka oo naadiyada rayidka ahi ay samaystaan, kuwa fanka iyo cayaarahaba. Guri kastoo la dhisanayo, geeduhu weheliyaan qorshaha dhismadiisa.

Way jirtaa in wixii la soo qaadoba farta lagu fiiqo dawladda dhexe iyo xilkeeda. Taasi waxay u ekaanaysaa, dhalliicayn iyo eedayn aan hawsha meesha taal inna wax ka tarayn. Xilkaasi, sidii dib-u-dhiska dalka wuxuu u baahan yahay in la isugu tago:
- marka hore arrinka la yaqiinsado
- marka xigta go'aan laga qaato
- marka kalena fulintiisa qorshe loo dejiyo
- marka u dambaysana qorshahaas lagu kaco fulintiisa si mashruucaasi u dhaboobo, in xilqaybsi iyo xisaabtan adag hawshaas lagu maareeyo. Tallaabada u horraysaa, intay doonto ha qaadato, waa dareenkaas oo dadka iyo dawladaba maankooda cuskada. Guulihii wacnaa ee

talada midaysan, wada-jirka, hawlkarnimada hagarbaxa leh lagu soo hooyay, sidii dhidibbada loogu sii aasi lahaa, kuwa la higsanayana looga lib keeni lahaa, ha loo tog hayo. Haddii ay beri hore Hargeysi muranla'aan ahaan jirtay hoygii fanka Soomaaliyeed, in maanta lagu simo inay noqoto xaruntii fanka, suugaanta, cilmiga, iyo fikirka Soomaaliyeed, cid ka hor joogsan kartaa ma ay jirto, kolkay iyadoo isku duuban u guntato.

ANAA LA SOO JEEDEY
JEER NINKII U DAMBEEYEY IFKA LOO SOO SAARAY
2011

FARXAD, naxdin, qosol, qayayaab, murugo iyo rayrayn, dhammaan waa dareemmo qofka iyo ummadaha adduunka ku nool soo mara marka ay xaalad shucuurtaa sababta la kulmaan. Dadka iyo dawladda Jili (Chile) munaaasabaddii ugu farxad weynayd ayaa maanta haleeshay iyadoon loo kala harin. 33 nin ayaa dalka Jili,k degmada Copiapo, god ay macdan ka qodayeen ku dumay. Bohol 700 mitir dhulka hoostiisa ah ayey ku xirmeen, gudcur ugu damay, kul ba'ani ku haleelay, dhuunigii gabaabsi noqday, ifka iyo uummanihii ku noolaa la kala xiriir furtay. Alla la cuskado mooyee, rejo kaloo dhammi quus qarka u joogsatay. 17 maalmood ayaa 33ka nin mucsurkaa iyo miciinli'idaa ku jireen. Sidii loo soo helay iyo sidii loo badbaadshay ee ifka loogu soo daadgureeyey , ciddii danayneysey qalabka warbaahinta ee adduunka ayey kala socotey oo ku celcelinteedu hawshayda aan qalinka iyo warqadda isu dul saaray ma aha. Hase yeeshee, su'aasha dhawraysa in laga jawaabo waxay tahay: "Maxaa i soo jeediyey, ilaa qofkii u dambeeyey ifka dibedda la keenayey?" Jawaabtoo kooban, arrimaha soo socda midkood, qaarkood, dhammaantood, ayaan filayaa inaad si uun u danaysid ee bal horta ka bogo.

Taariikhda casriga ee dalka Jili – shicbi iyo dawlad – maalintii ugu farxad weynayd ayey tani u muuqataa sida laga wada dareemay. Waxaa se jirtey maalin taas ka horreysay oo sidaas iyo si ka qota dheer shicbigu farxad

47

usoo baxay. Waa maalintii Salvador Allende loo doortay Madaxweynaha dalka Jili 1970, afartan sanno ka hor. Xilligaas shicbigu u dabbaaldegaayey waaga san ee u baryey, ayaa ururka dhallinyarada adduunka ee loo yiqiin World Federation of Democratic Youth (WFDY), isagoo kuwo kale la jaanqaadaya, go'aansaday in guushaas shicbiga Jili iyo dhallinyaradiisa lagu bogaadsho, la isku garab taago, loona hambalyeeyo iyadoo kulan weyn oo Jili ka dhaca tallaabadaas lagu muujinaayo. Isla markaasna hey'adda sare ee ururka WFDY waxay garatay in shirkii Guddigeeda Fulinta ee sannadkaas 1973 ku beegnaa, lagu qabto dalkaa isaga ah. Ururka Dhallinyarada Somaaliyeed (SYU) wuxuu xilligaas xubin ka ahaa Guddiga Fulinta ee ururweynaha WFDY, ergaygii ka-qayb-galka munasabaddaas nasiibka u yeeshay ayaan ahaa (iyadoon tigidh, jicsin, iyo kharash kale toonna kaga bixin dawladda Somaaliyeed). Madaxdii aan dalkaas kala kulmay waxaa ugu magac iyo qadderin weynaa Salvador Allende, madaxweynihii dalkaas; iyo Luis Corvalan, hoggaamiyihii Xisbiga Shiciga ee ay doorashadii madaxweynaha is-garabsadeen. Waxaa isna jirey oo xiise gaar ah u lahaa dhallinyaradii dalkaa isugu tagtay qoraaga, gabyaaga weyn ee dalka Jili u dhashay ee adduunka laga yaqaan. Waa Pabloneruda.

SALVADOR ALLENDE: Jaamacadda wuxuu kaga qalin jebiyey cilmiga qareennimada (lawyer). Sannaddo badan ayuu ururka ardayda Jili guddoomiye u ahaa. Dhawr jeer ayaa siyaasaddiisa ku cadcad wadaninnimada iyo xaqudirirka, xabsi loogu taxaabay. Isagoo xiran ayaa geeridii aabbihii loo soo sheegay. Xabaasha korkeedii ayuu nidar ku galay inuu xurriyadda iyo xuquuqda shicbigiisa nafta u huro. Maxaa himiladaas uga qabsoomay:

Dhinaca siyaasadda ha ahaato, ama qareennimada ha noqoto (ama labadoo isku jiraba kasoo qaad), ee gobol Jili ku yaal oo aanu ka soo shaqaynin ma jiro. Maxaa kuu dheer; mid aanu iska soo sharrixin oo baarlamaanka ama golaha duqayda (1945-70) ka soo gelini ma jiro siday u wada dhan yihiin, jeer ugu dambayntii doorasho xor ah Madaxweyne loo doortay 1970. (Kuweennana gobolkii reerkoodu degganaa, si kastay codaynta u musuqaan ama u boobaan, hadday ku soo bixi waayaan, aan ka tegin jeer dhiig ku daato. "Ama la i dooray, ama daadku i qaad," waa hal-ku-dheggooda)

Augusto Pinochet; Dabaqadda maalqabeenka ah ee reer Jili, dawladda Maraykanka iyo hey'addeeda sir-doonka ah ee CIA oo soo carbiyey dabadana ka riixaya ayuu taliyhii guud ee ciidammada qalabka sida ee Jili bishii Septambar 1973 inqilaab militari xukunkii kaga maroorsaday madaxweynihii sharciga ahaa ee Salvador Allende ee markii taliyenimada ciidammada loo dhiibayey uu u dhaartay. Pinochet judhiiba dadkii mucaaradnimo lagu tuhmayey ayuu safayntoodii ku tallaabsaday isagoon qaybaha bulshada ay ka kala socdaan u kala aabbe yeelin, siyaasiyiin, shaqaale, arday, aqoonyahanno, ciidammo. Tiro toban kun dhaafaysa ayaa garoonka kubadda cagta ee Santiago lagu soo ururiyey iyagoo la eedaynaayo. Tiro yar ayay ehelkoodii dib isu arkeen. Madaxweynenimadii waxaa laga wareejiyey 1990. Taliyanimadii ciidammadana wuxuu la soo gaarey ilaa 1998. Wixii shicbiga saxariir ka soo gaareyna taariikhdiisa ayey ugu qoran yahay. Waxaa la sheegayaa, godadka

49

macdanta ee haatan dadka ku dumayaa inay ka mid tahay dhaxal-xumidii taliskiisu ka tegey.

Maalintii uu Jananka A. Pinochet taliskii dalkaas xayuubsaday Sebt. 1973, ayaa adduunku maalintaas u aqoonsaday inay noqoto maalinta dadweynaha reer Jili la taageerayey. Sannad walba marka munaasabaddaasi soo gasho ayaan maqaal kusoo qori jirey jaraa'idkii dalka ka soo bixi jirey. Taasoo ay iigu wacnayd saaxiibbaday oo hawsha qoraalka igaga baxsanayaa ay iigu madax buuxin jireen in anigu, maadaama aan dalkaas tegay, nasiibna u yeeshay inaan ilaa madaxweynihii la socday, aan 'Arrimaha Jili' khabiir ku ahay. Markaan dalkii ka soo baxay 1978 ayaa xilkaas iyo derajadaasiba, deeqdaa bilaashka ahi, iga wada hareen oo kuwo kale oo ka sokeeyaa igu furmeen.

Ururkii dhallinyarada caalamiga ee WFDY shirkiisii Guddiga Fulinta ee 1971 waxaa lagu qabtay magaalada Valpraiso, marsada weyn ee dalka JILI ee ku taal Badweynta Basifika (Pacific Ocean). Markii shirku noo dhammaaday intayadii madaxda ahayd waxaa nala ku marti qaaday gurigii qoys ahaaneed ee madaxweynaha Salvador Allende. Waa markii iigu horraysay ee aan badweyntaa indhaha saaro oo ku dabbaasho. Marsadaasi kama foga buuraleyda macdanta laga qodo ee shilku dhowaan ka dhacay.

SOOMAALIYA ma la xusuusan doonaa? Barnaamijkii booqashadayada loogu tala galay waxaa ku jirey mid aanu ku tagnay degmo magaala madaxda Santiago cirif kaga taal. Goobta aanu dadka degmada ku la kulannay waxaa magaceedu ahaa Encampamento Che Guevara.

50

Dhismo guryo cusub ayaa ka socdey. Dhawr naga mid ah ayaa lagu kala qoray inay ku hadlaan magaca ururka iyo qaaradda ay ka socdaan. Anigu inaan magaca dhallinyarada qaaradda Afrika erey gaaban oo isugu jira salaan, bogaadin, iyo sidaan ula jirno halganka iyo tubta shicbiga Jili doorteen dadka halkaas isugu yimid u jeediyo ayaa laygu qoray. Halganka aan wadaagno, himilada aanu wada leenahay, gacan iyo garab-isa-siinta naga dhexaysa, geesigii Che Guevara ee xerada cusub ee dhismuhu ka socdo lagu magacaabay iyo qaddarinta iyo maamuuska aannu laabta ugu wada hayno ayaan qorshaystay inaan goobtaa ka jeediyo. Markaan se meeshii, dadkii, jawigii iyo duruuftii si fiican u wada fiiriyey ayaan talo ku goostay haddaan inuuun dadka fagaarahaas isugu yimid aan magaca dalkaan ka socdo, Soomaaliya, xafidsiin karo ayaan ku bura sidaa. Sidaas darteed, dhaw-dhaw badan ma aan gelin ee sangaabta ayaan ka raacay.

Salaan gaaban ka dib waxaan abbaaray muraadkaan lahaa, anigoo weedh walba in la tarjumo la sugaya: "Waxaan ka imid meel fog// meel aad u fog ayaan ka imid// Qaaradda Afrika ayaan ka imi dhinaceeda bari// Dalka Soomaaliya.. Soomaaliya ee geeska Afrika ku yaal ayaan ka imid// waad garan kartaan oo halganka iyo himilada aynu wadaagno ayaan dunidaa usoo jibaaxay// oo Soomaaliya idiin kaga imid."
Ereygii gaabnaa dhammaadkiisiina waxaan dadkii ugu ceshay intii bilawga, "Meel fog ayaan ... ... Soomaaliya ayaan idiin ka imid." Waxaan kaga baxay iyagoo wada sacbinaya. Waqti dheer ayaa xilligaas ka soo wareegay. Marar badan ayaan is weydiiyaa dadkii maalintaas

fagaarahaas tubnaa, tiro intee le'eg ayaa ereygii 'Soomaaliya' weli maskaxdooda ku sii haray.

Salvador Allende intaan militarigii uu Jananka Pinochet hoggaaminaayey aanay qasrigii madaxtooyada ku duqayn, ayuu Jananku isagoo isu haysta inuu abaal Allende ku lahaa gudanayo, go'aankii ay wada galeen ciidammada iyo kuwii soo rakaabsadayna meel laga dhaafi karaa aysan jirin, ayuu u soo jeediyey in madaxweynuhu diyaarad loo keenay dalka kaga baxo. "Anigoo doorasho shicbi oo xalaal ah madaxtooyada dalka ku imid, ma aqbali karo inaan burcad qalabaysan oo sharci-diid ah xukunkii dalka gacanta u geliyo."

PATRICE LUMUBA: Toban sanno ku dhowaad xilligaas ka hor ayaa geesigii Afrika ee dalka Kongo u dhashay, Patrice Lumumba, tan oo kale ku timid. Shicbiga Kongo ayaa codkooda siiyey oo Ra'iisal-wasaare u doortay. Safiirka dalka Masar u joogay Kongo ayaa si weyn ula socday shirqoolka Lumumba loo gigimay, madaxda dalka Masar iyo hoggaamiyaheedii xilligaasina way la socdeen dhagarta dalka Kongo laga wado. Kolkaas ayaa safiirka Masar markuu arkay in fulinta shirqoolku aad usoo dhowaatay – qaaba qowsayn tahay – ayuu Lumumba u soo jeediyey inuu dalka ka saaro si uu naftiisa khatartaa uga badbaadiyo. Lumumba isagoo safiirka iyo dawladdiisa uga mahadinaya samawanaaggooda ayuu misna la socdsiiyey: "Iyadoo shicbigaygu duhur cad i soo doorteen, iga ma suuroobi karto inaan sidii tuug fuley ah saq dhexe dhuumasho habeen kaga baxo dalkaygii." Mindi saawir ah ayey ku turturqeen oo halyeygii

Lumumba ku dileen. Magac aan dhimanayn buu se dhaafay.

General A. Pinochet waxaa taliyaha guud ee ciidammada qalabka sida ee dalka Jili u magacaabay madaxweynahii Selvador Allende. Markii madaxweynuhu doorashadii ku guulaystay, dalka gudihiisa iyo dibeddaba waxaa ka socotay hugun iyo xamxam aan yarayn. (Dagaalkii qaboobaa ee bariga, gaashaanbuurta WARSAW iyo galbeedka, gaashaan buurta NATO, ayaa si ba'an u jirey. Xukuumadda cusub ee Jili ka dhalatay ee siyaasadda garabka bidix u xaglinaysaa inay Moosko ku xirato iyo beesha hantiwadaagga oo shirkadihii dalkaas barwaaqadiisa daldalanayey la qarameeyo, ayaa Galbeedku cabsi weyn ka qabay.) Inqilaab in lala maaggan yahay ayaa si weyn loo dareensanaa, gaar ahaan mid ciidammada qalabka sida ka iman kara. Madaxda ciidanku si toos ah ayey xukuumadda cusub uga soo hor jeedeen. Taas ayaa Madaxweyne Allende iyo lataliyayaashiisii gaarsiisey inay isku raacaan in meel dhexaad ahaan talada ciidammada loo dhiibo Jananka A. Pinochet. Laba sababood awgood. Tan hore, inuu Jananka Pinochet yahay nin aan siyaasadda u darbanayn, oo dhexgalkeeda lagu aqoon. Tan kalena, waa nin talada madaxda dawladda iyo sharciga dalka u hoggaansama.

Taariikh ka madow casrigii Janan Pinochet madaxda ka ahaa oo dadka reer Jili soo martay ma jirto. Sidoo kale ayaa suxufiyiinta iyo qoraaga taariikhda ee Maraykanku markay noloshii madaxweyneyaal jirey ay dadkooda u soo ban dhigayaan, sida M. Rizza Bahlawi (Shah Iran), Markos (Phillipine), Mobuto Sese seko (Zaire), A. Sadat

(Masar), waxay qorayaashaasi si cadcad u muujiyaan diktaatoornimadii, jaahilnimadii, ismanfuukhintii, aragti-gaabnidii, caaqnimadii iyo cawaaqibxumidii ay duulkaasi dalkoodii iyo dadkoodii ku dhaafeen ee maanta haaraan la haaraamo mooyee aan wax kale loo hayn. Madaxdaasi intay ifka ku noolaayeen, waxay ahayd dawladda Maraykanka iyo hey'addeeda sirdoonka ah ee CIA tan si toos ah oo aan geed-ku-gabbasho lahayn isu garab taagaysay madaxdaas, mar kasta oo in cullaabtooda layska rido shicbigu u kaco.

Farxaddii dalka Jili wada saamaysay ayeynu hadal hayney iyo sida loo la wada socdey. Saddex iyo soddon macdanqode ayaa shicbiga iyo dawladda Jili iyo adduunka oo garab taagan laga shaqeeyey in xabaal laga badbaadiyo, ee (tolow) Somaaliya iyo dhawr iyo tobanka milyan ee iilka qarka u saaran, in laga badbaadsho ayaa ehel u ah oo rejo laga sugi karaa?!!

DANJIRE AXMED CABDI XAASHI 'XASHARE' IYO MADAXWEYNE MAXAMED SIYAAD BARRE MAXAA KALA QABSADAY?

2016

Hore ayaa degelkan 'Wardheernews' la iiga bartay qoraallo ku magacaaban "Safar Aan Jaho Lahayn", anigoo uga gol lahaa in qayrkay oo iga habboon ay iyana ummadda u soo gudbiyaan wixii xasuusqor ah ee ay hayaan. Weli ma hayo cid arrintaas u soo banbaxday, hase yeeshee, waxaan la kulmay aqristayaal fara badan oo qoraalladaas u bogay. Maanta waxaa iskay tusay inaan khaanad kale abbaaro; waa intaas oo dhinacan aynu helnaa dad u jajabsan oo ku soo dhiirrada inay wax ka qoraan. Baabkani waa kulammo la yaab leh oo Madaxweynaha Maxamed Siyaad Barre iyo masuuliin Soomaaliyeed dhex maray. Kulammadaas oo arrimo wejiyo badan iftiiminaya, gaarahaan siyaasaddii dalka lagu hoggaaminayay waqtigaas.

Waa xilli adag oo duruufo qallafsan dalku ku jiro. Waa markii xoogga dalka Soomaliyeed uu jab iyo halaag kala soo noqday Itoobiya, dagaalkii sibiqsibiqda lagu galay ka dib. Waa xilli si buuxa loo kala xidhiidh furtay Midowga Soofiyeeti ee in muddo ah lays jaallaysanayay. Waa xilli wax lala kulmi doono aan la garanayn, hoggaanhaye iyo shicbi toona. Axmed Cabdi Xaashi "Xashare" xilligaas danjiraha Soomaaliya u jooga dalka Jarmalka Bari ayuu ahaa. Ka horna waxuu ka tirsanaa agaasimayaasha Wasaaradda Arrimaha Dibedda. Waxbarashadiisa ilaa dugsiga sare dalka gudahiisa ayuu ku qaatay. Bilawgii lixdamaadka ila 66/67 Moscow ayuu Jaamacadda Saaxiibtinnimada ee Lumamba ka soo qalin jabiyay.

Shakhsi ahaan, dadka ay si fiican isu barteen waxay ku wada tilmaamaan inuuu ahaa nin waddani ah, aqoontiisu sarrayso, aftahan dad-la-dhaqanka ku caan ah. Siyaasad ahaan inta lagu tilmaamo inay bidixda u xaglinayaan ayuu ka tirsanaa. Saaxiibbada ay aad isugu dhowaayeen waxaa ka mid ahaa Dr. Maxamed Aadan Sheekh. Anigu xilligaas madaxtooyada ayaan agaasime waaxeed ka ahaa. Labadaba xidhiidh wacan ayaan la lahaa. Intaasi innoogu filan inaan garanno ninka markan kulanku dhexmarayo Madaxweyne M. S. Barre. Farriin madaxtooyada ka socota ayaa loo diray suu u soo galo dalka. Wadatashi muhiim ah in lala yeelanayo ayaa loo sheegay. Kulammada Madaxweynuhu la yeesho masu'uliinta badanaa habeenkii ayay qabsoomi jireen. Sida qaalibka ahna waaberi-ku-dhowaadka ayay dhammaan jireen. La kulanka Xasharena kama duwanayn oo waagaa isugu beryay.

Mawduuca wadatashigu ku saabsanaa wuxuu ahaa xilligaas la marayo iyo sidii Midowga Soofiyeeti iyo xulufadiisa loo la dhaqmi lahaa, iyadoo weliba uu Madaxweynuhu Xashare la socodsiiyay inuu u magacaabi doono safiirka Soomaaliyeed ee Moosko u fadhiya inta kale ee beesha hantiwadaaggguna hoos iman doonto. Iswaraysigaa iyo wadatashigaas dheeraaday, Xashare waxa uu Madaxweynaha kala kulmay, siduu noogu warramay, degganaan, dhegaysi dul badan, falanqayn arrimo siyaasadeed, tixgelin cawaaqibxumida ka dhalan karta colaad Midowga soofiyeeti loogu badheedho. Intaa oo aannu xilligaas marna Madaxweynaha ka malaysanayn ayaa dareen iyo xiise cusub ku abuuray. Subaxaas hurdadii ku ma raagin isagoo xaajadan uu la kulmay raynraynteeda xejin la'. Barqadiiba wuxuu isku qaaday Golaha Ummadda oo hoggaammada xisbigu xafiisyo ku leeyihiin. Wuxuu toos u abbaaray saaxiibkiis Dr. Maxamed Aadan Sheekh oo hoggaanka idiyooloojiyada xisbiga ka madax ahaa. Soo dhowayn isbariidin diirran ka dib, Xashare wuxuu Dr. Maxamed la socodsiiyay wixii isaga iyo Madaxweynaha xalaytadii dhex maray iyo sida uu ilaa xilligaas ula ashqaraarsan yahay isbeddelka qaayaha leh ee ku yimid Madaxweynihii uu yiqiin. Isbeddelkaas wuxuu u qaatay mid duruufta cusub iyo dantu keentay. Xashare si tifaftiran ayuu ugu warramay Dr. Maxamed isagoo ku nuuxnuuxsanaya sida Madaxweynuhu culayska u saaray in aanay habboonayn in dawlad xoog weyn sida Midowga Soofiyeeti oo kale colaad xumi idin dhex marto ee loo baahan yahay in xidhiidhka dibloomaasiga ah iyo kuwa kaleba aan mar qudha la goyn ee buundooyin waxwadaqabsi lala yeesho. Ciidankii safaaradda Midowga Soofiyeeti oo heerka ugu hooseeya la gaadhsiiyayna tirada intii looga kordhiyo. Arrimahaas iyo kuwo kale oo la hal maala inay dhammaantood noqon doonaan kuwa judhiiba uu Xashare ku shaqayn doono marka xilka safiirnimo loo dhiibo.

Dr. Maxamed intii Xashare xamaasadda ku warramayay mar qudha ka ma uu dhex gelin, wax su'aal ahna ma weydiin ee markuu Xashare warkiisa ka soo jeestay ayuu ku yidhi: "Anigana bal hadda war iga hoo." Warqad rogan oo miiska saarnayd ayuu soo qabtay oo Xashare u dhiibay si uu u aqristo. Warqadda iyo warkeeda kooban, micne iyo maqsad ahaan:

Ka Socota: Madaxtooyada Jamhuuriyadda Dimuqraadiga Soomaliyeed.

57

Ku socota: Hoggaanka Idiyooloojiyadda Xisbiga Hantiwadaagga Kacaanka Soomaaliyeed.
U Jeeddo: Jaalle Axmed Cabdi Xaashi 'Xashare'

Jaallaha magaciisu kor ku xusan yahay ee Axmed Cabdi Xaashi "Xashare" ayaan idiin soo dirnay si uu hawlwadeen uga noqdo hoggaanka idiyooloojiyadda XHKS. Saxiix Madaxweyne MSB.

Ku darso oo Xashare marka horeba xisbiga la sheegayo xubin ka ma ahayn. Intuu booday, midab doorsoomay oo cadho is madax maray ayuu yidhi: "Imminkaan madaxtooyada toos u tegayaa oo u sheegayaa waxa uu yahay. Aniga ka dib, meeshii la rabo ha la i geeyo." Markuu damcay inuu dhaqaajiyo, ayaa Dr. Maxamed ku yidhi: "Bal horta fadhiiso aan warka kuu dhammeeyee, ka bacdi waxaad rabtid yeel." Dr. Maxamed wuxuu Xashare ku kordhiyay in Madaxweynihii markay kulanka ku kala tageen uu u ambabaxay magaalada Hargeysa, oo madaxtooyada iyo Xamarba ka maqan yahay.

Toddobaadyo sannaddo u dhigma ayuu Xashare ku hawlanaa siduu Madaxweynaha u arki lahaa. Ha se ka yaabin! Waxay isa sii jiidjiidataba iyo dhexgal ka dib, saaxiibkay Xashare waxaa la oggolaysiiyay inuuu noqdo Agaasimaha Guud ee wasaaradda Garsoorka.
Madaxweyne Maxamed Siyaad Barre waxaa u muuqatay, oo si weyn isu tustay, inay suuroobi karto in Jarmalka Bari iyo Midowga Soofiyeeti mar haddii la isku xumaaday ay waraysan doonaan Xashare oo Madaxweynuhu u arkayay inay beesha Hantiwadaagga isu dhuun daloolaan. Sidaas awgeed, inta aanay taasi dhicin inuuu

58

isagu waraysiga kaga horreeyo, xogta ka maalo, Xasharena sidaas ku soo xera geliyo. Waana siday u dhacday.

Dhawr kale oo aan kulankaas ka dhicin ayaa jirey ee ciddii ay khusaysay ama intii u xog haysay ayaan lagu saxayn ummadda u soo bandhiga (tii Maxamed Ibraahim Cigaal ku dhacday ayaa ka mid ah).

TROMSO:
Waqooyi Meeshii Iigu Fogayd
2016

Noloshayda konton sanno ayaan xeeb-joog ahaa. Badda Cas, Gacanka Cadmeed iyo Badweyntaa Hindiya ayaan ka dhaxeeyay. Magaalooyinka Cadan, Muqdisho, Berbera iyo Jibuuti ayaa i qaybsaday. Xagaayo inta lagu yaqaan ka dheer, ayaa magaalooyinkaas igu soo maray. Qorrax kulayl iyo cusbo jawiga dhaamisa ayaa isu kay barkaday. Waan soolmay oo dhidid iyo dheecaan qiyaastii barmiillo buuxin kara ayaa iga baxay. "Cawo iyo ayaan badanaa qof baraf dhex joogaa," ayaan nafta ugu sheekeeyaa. London ayaan soo galay dabayaaqada qarnigii 20-aad ee la soo dhaafay. Daawasho iyo dalxiis u ma aan iman ee qax iyo qaxarkiis ayaa i keenay. Xaaska iyo carruurtii ayaa iigu yimid oo iyana carruur ku sii dhalay. Xaafado aan kala fogayn ayaannu ku nool nahay. Weli baraf aan beri raadin jiray ku ma aan hayo degmada Tower Hamlets, Bariga London, ee aan deggan nahay. Ajnebiga degmada ku nool waxaa ugu badan reer Bangladesh. Soomaalida ayaa soo labaysa tiro ahaan. Waana laga yaabaa inay taasi ugu wacan tahay sababaha degmadani ugu baraf yar tahay dalka Britain!

MARTIQAAD SHIRWEYNE 70-aad. Sannadkii 2004 ayaa ururka qoraaga ee loo yaqaan 'International P.E.N', kooxdayada Somali P.E.N u soo diray martiqaad laga qayb gelayo shirweynihii ururkaas ee lagu qabanayay magaalada TROMSO ee dalka Norway. Aniga ayaa la igu qoray inaan shirkaas tago. Waa fursad aan si weyn u dhawrayay. Dalka Norway oo ay markii iigu horraysay tahay, marsada Tromso oo ku taal Badweynta Arctic ee adduunka ugu qabow iyo naadiyadii qoraaga caalamka oo isugu imanaya goobtaas. Waa duco la iga ajiibay. Marsada Tromso ee waqooyi/bari kaga taal dalka Norway waa tan ugu dhow dalka Ruushka soohdintiisa xagga badda. Gaashaanbuurta NATO ee Norway ay ka tirsan tahay ayay saldhig ciidanka badda ah u tahay. Sidaas awgeed, marsadu si weyn bay u dhisan tahay. RADISSON BLU Hotel, kuwa ugu raaxada iyo adeegga fiican ee xeebta saaran ayaa na la dejiyay, markab dagaalna ku ag xiran yahay. Waa na loo daawasho geeyay intii shirku noo socday. Bishu Sebtambar ayaa ahayd oo dhulku u ma qaboobayn sidaan u filayay. Xilligii barafka iyo gudcurku dhulka ku habsan jireen, labaatan sacadood oo isku-sii-deys ah, la ma gaarin. Muddada shirka u qoondaysan in Tromso la joogayo, saddex arrimood keliya ayaa iigu muuqday in wax badan aanan dhaafin karayn: Shirka noo socda inaan ereygii ururkayaga ka dhiibto, go'aammada ka soo baxayana cod ku yeesho, waa tan ugu horraysa. Waxa soo raaca, in magaaladu siday u taal iyo astaamaha ay caanka ku tahay wax ka soo tebiyo. Tan saddexaadna waa hadday Soomaali inuuun joogto magaaladan, Badweynta Arktigga ku taal, bal ka war doono xaaladda ay ku sugan yihiin.

Shirweyne kasta hey'ad cusub ayaa la doortaa, ay ugu xil culus yihiin Guddoomiyaha iyo Xoghayaha ururku. Sidoo kale, shirweyne walba arrin ka mid ah kuwa ururkaas caalamiga ahi u asaasmay, ee xeerkiisa ku qeexan, ayaa laga doodaa oo go'aan laga gaaraa. Sannadkan xuquuqda qoraaga iyo suxufiyiinta sharcidarrada u xiran ee xuquuqdooda lagu xadgudbay, ayaa ahaa mawduuca ugu ahamiyadda roon. Dalal badan ayaa la tilmaamay oo arrimahaasi ka jiraan. Suxufiyiinta Falastiin ee xabsiyada

62

Israaiil ka buuxa ayaa gaar ahaan loo soo qaaday. Qoraal cambaarayn iyo weyddiimo isugu jira ayaa dalkaa madaxdiisa loo diray, ay weheliso in kuwa xiran mar walba xaaladdooda lala socdo oo wixii kaalmo ah, qareenno u doodaa ka mid yihiin, loogu deeqo. Wefdiga Falastiin ka socday, Fatima Maghani ay hoggaaminaysay, kan ugu tirada badan ayuu ahaa, marka laga reebo kan dalka loo martida yahay.

Tromso siday u taal
Marsada Tromso hodonnimada ka muuqata, dalka Norway intiisa kale ayay la wadaagtaa. Waa magaalo aad u cammiran. Dhulkeedu waa buuraley, qaarkood badda ku dhex yaalliin. Qaniimada fadhida – batroolka iyo barwaaqada kale – iyo aqoonta dadku qabo ayaa sahal ka dhigtay in buurahaas iyo jasiiradaha kala durugsan buundooyin ayaa isku xira, marna baabuurta siligga raaca ayaa badda korkeedaa kulmiya, marar kalena dhuumo buuraha dhexdeeda la isaga dalooliyo. Jasiiradahaa dadka badankiisu buuraha salkooda ayay beero, guryo, waddooyin iyo magaalooyin yaryar oo lagu ashqaaraarayo ka samaystaan. Muddadii aannu joognay ayaa na la ku soo wareejiyay, iyadoo mar na lagu qaadayo basas, marna tareeno, mar kalena baabuurta siligga raaca ee buuraha la isaga gudbo. Qabow iyo gudcur kasta oo dalkaa ku habsada, dadkiisu way ka sii tabaabushaysteen. Waa run oo hodonnimada ayaa ugu wacan; waxase u weheliya oo ka sabab weyn, maamulwanaagga aayaha ummaddaa lagu hoggaaminayo. Maamulwanaaggaas oo taladiisa iyo meelmarintiisu shicbiga gacanta ugu jirto. Dadku marsadan seben hore ayay soo degeen. Maanta tiradooda 70 kun ayaa lagu qadderiyaa. Dhawr qawmiyadood oo

dantu qaran keliya ku midaysay ayay ka kooban yihiin, marka laga reebo kuwo dhowaan ku soo biiray oo Soomaalidu ka mid tahay.

Soomaali ku nool Tromso

Siddeetamaadkii qarnigii la soo dhaafay, intii ka dambaysay ayaa Soomaalidu u soo qaxday dalka Yurub. Norway waxa uu ka mid yahay kuwii ay xilligaas soo galeen. Kumannaan tiro gaaraysa ayaa Soomaalida dalkaas deggan lagu qiyaasaa. Safarkayga ka hor, in aan Tromso sideeda kale u xiiseeyo mooyee, marna igu ma ay soo dhicin, Soomaali ayaa dunida dabadeeda nolol ka dayi doonta, gaar ahaan anoo si fiican u ogaa meeshu siday u qabow badan tahay iyo halka ay dhaxanta iyo Soomaalidu kala joogaan! Intii shirku noo socday, maalin aniga oo xilli barqo ah la sheekaysanaya ergey Falastiin ah, ayaa huteelkaannu degganayn uu noogu yimi wiil isaguna Falastiini ah oo magaalada ku nool, maqlayna Shirweynaha Qoraaga Adduunku – International P.E .N – isugu yimid Tromso. Salaan iyo isbarasho ka dib ayaan weydiiyay wax Soomaali ahi inay carradan ku nool yihiin. Qosol ayuu ka kacay: "Iyaga ayaa noogu badan," ayuu yiri, isagoo uga jeeda intooda magaalada ajnebiga ku ah. "Xaggee ka heli karaa? Ma ii tilmaami kartaa, si aan anigu u doonto?" ayaan ka codsaday. "Ma foga oo haddaad waqti haysatid, anigaa mar dhow ku geyn kara dukaan uu Soomaali leeyahay." Khadar laysu soo diray iga dheh ! Waraysi iyo lakulan Soomaalidii ka dib, xogtii ii baxday: Soomaalida Tromso ku nool tiradoodu waa saddex boqol. Saddex ayay u kala baxaan. Qayb meesha u timid inay ka xoogsato oo shaqaale ah. Kuwaasi mushahar fiican ayay qaataan oo magaalooyinka kale ka sita. Waana tan barafkan keentay. Qaybta kale waa ganacsato dukaammo yaryar qaba oo iyana si fiican u deggan. Qaybta saddexaad waa arday dugsiyada iyo Jaamacadda Tromso wax ka barata. In badan ayaa xaasaskoodu la joogaan. Qaybtii inkaarta qabtay, ee loo yiqiin mashaqaysatadu meeshan oo kale ka ma soo dhowaadaan! Soomaalidu, sida u caadada ah, meel carrigii ka fog, ayna ku tira yar yihiin, wax iska jecel isuguna hiilin og. Soomaalida Tromso deggani way isku duuban yihiin. Meel lagu wada kulmo, laysku arko, laguna arrinsado, waxa u ah masaajidka muslimka magaalada oo Soomaalidu ay Imaam iyo mas'uulba ka yihiin. Markaan shirkaas ka soo laabtay ayaa weriyaha Adaan Nuux Dhuule igu waraystay idaacadda BBC laanta af Soomaaliga.

Dunida aynu korkeeda ku nool nahay, Tromso waa goobta ugu waqooyisan ee aan soo booqday. Afartan sanno ka horna (1977) waxaan qarka u saaray Badweynta Anta-ragtiga ee dalka Koonfur Afrika. Dhowr sannoo ka horreeyay (1971), marsada Valporiaso ee dalka Chile ee badweynta Basifigga ayaan marti ku ahaa. Intaba maqaallo aan kaga warbixinayo socdaalladaa waxa i geeyay iyo wixii aan kala kulmay, ayaa degelka Wardheernews lagu soo daabacay.

INANTAADA U GUURI
2017

Saddexdii sanno ee u horreeyay Kacaankii 21-ka Oktoobar (1969-1972) markii xoogga dalku taliskii kala wareegeen dowladdii rayidka ahayd, shicbiga Soomaaliyeed sida rah xareed ku jra ayuu hees iyo mashxarad kala goyn waayay. Xadhiggii xabsiga loo taxaabay madaxdii xukuumadda, wasiirro iyo xubnihii barlamaanka ka sokow ee shicbigu ku diirsaday, waxaa ka sii qiime weynaa rejada noolaatay ee dadka lagu abuuray. Nabadda dhidibbada loo adkeeyay iyo dadkii oo waxqabadkooda u madax bannaanaaday oo iskaawaxuqabso ku qamaamay.

Xilligaas marna la ma dhaadin in udub-dhexaadkii iyo tiirarkii ay dowladda iyo qarannimadu ku dhisnayd si yaryar xididdada loo siibay. Dastuurkii dalka, xeerhoosaaddadii hey'adaha dawladdu ku shaqayn jireen, axsaabtii siyaasadeed ee dalka ka jiray, ururradii bulshada oo loo kala aabbe yeelin, wargeysyadii iyo warbaahintii madax bannaanayd, maxkamaddii sare ee sharciga dalka ilaalinaysay, dhammaantood inta la tirtiray ayaa lagu beddelay wareegto xafiiska guddoonshaha GSK ka soo baxda.

Sibiq-sibiq ayaa loo qaatay Hantiwadaagga cilmiga ku dhisan. Horusocodkii adduunka ayaa xiddigtaa Soomaaliya ka iftiintay ku farxay, u soo xoog tegay oo is garab taagay. Axsaabta horusocodka ah iyo ururrada gobanimadoonka ah, gaar ahaan kuwa Afrika sida Koonfur Afrika (ANC), Mosambiqe (FRELIMO), Rodiisiya (ZAPU – ZANU), Angola (MPLA), Gini Bisow & Cape Verde (PAIGC) iyo kuwa Falastiin, Eritreya,

Fiyetnam, Laa'os, Kambodiya (INDOCHINA) ayaa sidii xajka Muqdisho ku soo wada cimraystay. Soo dhoweyn aan la arag oo la maqal ayayna Soomaaliya kala kulmeen.

Markan ururka booqashada ku yimid waa Xisbiga Shuuciga ee dalka Lubnaan oo ka tirsan kuwa u socda inay taliska curtay gacan iyo garab siiyaan, isagoo isla markiina eegaya sida ay wax u socdaan. Xubnaha wefdigu waxay kala ahaayeen Kariim Muruwa oo guddiga siyaasadda u qaabilsan dhinaca warfaafinta iyo wacyigelinta. Xubinta kale wuxuu ahaa Nobar Martian oo isagu u xil saaran xiriirka ganacsiga xisbiga. Aniga ayaa wefdigaas u ahaa tarjumaan iyo hage-barnaamij. Dhowr mas'uul ayay arkeen, dhowr meelood oo diillinta dhulbadhuhu ku jirtana way soo booqdeen. Ugu dambayntii Madaxweyne M. S. Barre ayay la kulmeen. Fadhigaas anigu ku ma aan wehelin.

Madaxda ay waraysteen ee sida weyn ay u danaynayeen waxaa ka mid ahaa Duqa magaalada Muqdisho, G/le Cismaan Maxamed Jeelle oo ka tirsan Golaha Sare ee Kacaanka. Waa jago adduunka magac weyn ku fadhida, marka loo eego maamulka lagu aaminay intuu culays le'eg yahay. Axsaabta lagu magacaabo horusocodka waxaa caado u ah inay si adag isu bahaystaan oo haddii wargeys midkood ka tirsani uu dal wax ka soo qoro, inta kale badanaa u ma baahato inay dalkaas booqato ee intii wargeysku qoray ayay soo xigtaan. Madaxa wefdigu, Kariim Muruwa, waa qoraa siyaasi caan ah oo ka diiwaan gashan axsaabtaa aan soo sheegay, dalka Lubnaan uu ka socdana lagu yaqaan warbaahinta faafta ee Bariga Dhexe.

Sannadku waa 1972 bilawgiisii, xilli barqo ah ayaa kulanku ka dhacay xafiiska Duqa magaalada ee Muqdisho. Aniga Ilaahay ayaa i soo furtay oo tarjumid la iiga ma baahan. Wafdiga iyo Cismaan Jeelle af Carbeed ayay ku wada hadlayeen. Salaan, soo dhowayn iyo shaah la wada cabbo ka dib, hawshii rasmiga ahayd ayaa la gudagalay.

Wefdigu dantuu u socday iyo taageeridda taliska ayuu caddeeyay isagoo ku daraya in wixii talo ahna dhinaca siyaasadda iyo ganacsiga uu diyaar u yahay. Siyaasadda waxaa ka hadlay Kariim Muruwa, qaybta ganacsigana Nobar Martian. Af macaan iyo kalsooni ayaa lagu wada hadlayaa oo sagatis ma jiro. Anigu nafis waxaan u helay inaan waxa meesha ka socda dhegta ku maalo. Doorkii waxa uu ku soo wareegay Duqa Muqdisho Cismaan M. Jeelle oo ku bilaabay muddadii Kacaanku taliska dalka la wareegay guulihii uu soo hooyay gaar ahaan dhinaca qorshaha caasimadda loo dejiyay, dhinacyada habaynta, nabadgelyada iyo qurxinta magaalamadaxda. Isagoo halkaas ka sii wada, intuu isagu Duqa ka noqday Muqdisho, ayuu waxqabadkii ugu cuslaa ka warramay.

"Muqdisho sidaad u jeeddaan iyo wax u dhow toona ma ahayn. Intaan isugu yeeray injineerradii caasimadda joogay ayaan u qabtay inay ii soo gudbiyaan qorshe dhan sidii magaalada loo bili lahaa xagga dhismaha, ammaanka, iyo gaar ahaan waddooyinka kala jeeda ee qaabdarridu ka muuqato," ayuu hadalkiisii ku bilaabay Duqa caasimaddu.

Wuu sii hadlay waxaanu yidhi, "Wadahadal iyo dood cabbaar socotay, waxay qabsadeen lix bilood ugu yaraan, anna waan ka diiday muddadaas dheer oo waxaan u qabtay in aan xilkaasi la dhaafin laba bilood wax ka badan. Sidaas ayaannuna ku kala tagnay."

Jaalle Cismaan M. Jeelle oo wafigii warbixintii waxqabadkiisa u sii wada ayaa waxa uu yidhi, "Labadii bilood ka dib ayay ii la yimaaddeen in waqtigii ku yaraaday aan hawshii la wada dhammayn. Haddana saddex toddobaad ayaan ugu daray oo kamadambays ah. Waa laygu soo laabtay iyadoo aan hawshii la dhammaystirin, markan aniga taladu way ii sii go'nayd haddii ay hawl qabyo ah ii la soo noqdaan," ayuu u sii raaciyay Duqu. Cismaan M. Jeelle intuu khariidadda Muqdisho oo isku laaban miiskii dhexdooda yiil ku kala bixiyay ayuu ushii saraakiisha Xoogga Dalka astaanta u ahayd la soo baxay iyo qalin khad cas. Iyadoo wefdigu u jeedo, ayuu ushii hadba khariidadda meel ku dhuftay. "Waddadan halkaas ka bixiya, tanna taas ku xira, tanina halkaas ha ka soo wareegto." Sidaas ayuu toban jid ku wada caseeyay.

"Amarkaas ayaan ku kala diray inay wax ku fuliyaan. Waadna aragtaan siday magaaladu u dhisantay markay talooyinkaygii qaateen," ayuu ku soo gebagabeeyay. Intaas ayaa kulankii ku dhammaaday iyadoo ay Cismaan raynrayn wacani wejigiisa ka muuqato. Ninka Nobar Martian waa Bare Sare oo injineer ah. Dhowr jaamacadood oo Bariga Dhexe iyo Yurub ah ayuu ka dhigaa cilmiga qaabaynta iyo qurxinta magaalooyinka iyo dhisidda guryaha casriga ah. Dhawr af ayuu wax ku dhigaa. Wefdiganna isaga ayaa u qaabilsan su'aalaha adadag iyo wixii xog dheeri ah ay uga baahan yihiin. Intaan la isa sii sagootiyin ayuu si yar

70

Cismaan u weyddiiyay, "Adigu cilmiga waddooyinka xaggee baad ku soo baratay?"

Cismaan ayaa si kalsooni ka muuqato ugu jawaabay, "Anigu cilmigan jaamacad uga ma soo bixin ee intii injineerradu isku maqnaayeen ayaan sii darsay sida ugu fiican ee waddooyinku isu raaci karaan, kuwa la duminayo iyo kuwa dhisid u baahan. Waadna aragtaa waxa ka soo baxay taladaydii." Halkaas ayaana booqashadii ku dhammaatay.

Wefdigu huteelkii ayuu ku laabtay. Intii aan dhexda ku sii jirnay ayaa Nobar Martian i weyddiiyay: "Cismaan Jeelle maxay isu yihiin Madaxweyne M. S. Barre?"

"Waxba!" Ayaan ugu jawaabay iyo inay laba reer aan abtirsiimo wadaagin ka kala dhasheen.

Nobar isagoo kaftan-dhablaynaya ayuu nagu yiri, *"Haddaad madaxweyne tahay oo aad rabtid in xubin Golaha Sare codayntiisu marna meel kaa tegin, waxaa loo guuriyaa inantaada ee loo ma guuriyo caasimadda dalka."*

Waannu wada qosolnay oo huteelkii toos u aadnay.

WAA KUMA MAXAMED IBRAAHIM WARSAME – HADRAAWI?
2016

Hadday jiraan malyuun qof oo Hadraawi yaqaan, waxaa hubaal ah in mid waliba sidiisa u yaqaan oo halkaas aad ugu tegaysid malyuun Hadraawi. Aniguna malyuunkaas ayaan ka mid ahay.

Sidan u aqaan

Waa qof.. waa abuur insi ah.. waa nolol giraan ah oo xilkeeda, xiskeeda, xanuunkeeda iyo xariirteedu waqti xaddidan leeyihiin oo meel ka bilaabmay, meelna ku dhammaanaysa. Tan iyo maanta, noloshaa giraanta ah wixii soo maray, inta yar ee aan ka war qabo, ayaan ka bartay Hadraawi ka uu yahay, wartebintayduna ka shidaal qaadanaysaa. Maxamed Ibraahin Warsame (Hadraawi) degaanka Ballicalanle ee ku yaal degmada Qorilugud, gobolka Caynaba ayuu ku dhashay bilawgii afartanaadkii qarnigii la soo dhaafay. Qoys xooladhaqato ah ayuu ka soo jeedaa. Miyi isu kala jira inta dunida cidhifyadeedu isu kala jiraan, cir xiddigihiisu meel dhow ka dhalaalayaan, carro san ciid cas leh oo xooladaaqeenka ku wanaagsan, geela iyo adhigaba, ayuu Hadraawi ku indha-furay carruurnimadiisii.

Hadraawi maskaxdiisa ugub waxaa dugsi wabarasho u ahaa dhulkaa cimiladiisa.. cirkaa haybaddiisa.. xoolo-ilaalintooda.. dadka degaankaas ku nool aqoontooda.. xeerkooda iyo waaya-araggooda. Maskaxdii ugubka ahayd ee aqoonta u oommanayd, laylintaas ka dib, si buuxa ayay dugsigaa uga soo aflaxday. Toban jirkiisiiba,

73

wax yar baa ku seegganaa degaankaas aqoonta loo yeelan karo iyo habnololeedka dadkiisu kaga dhaqmayay. Qaabka ugu miisaanka culus ee noloshaa iyo axwaasheeda la isugu gudbin jiray, odhaah ayay ahayd. Middaasna Hadraawi si fiican ayuu uga haqab beelay. Salka, saaska iyo hodannimada afkiisa iyo suugaantiisa lagu ashqaaraarayo, halkaas ayay ka soo jeeddaa. Degaankaas inta uu isha ku dhiftay – baadka, biyaha, xoolaha, xawayaanka, cirka, dhulka, dadka iyo hiddaha ka jira mid aanu magaciisa baran iyo habka loo adeegsado waxba ka ma maqnayn. Kaasi waa Hadraawiga Afyaqaanka ah ee magacu ugu baxay. Taasina waa giraantii noloshiisa u horraysay, sida aan anigu u aqaan.

Cadan iyo raadkeeda, kontomaadkii iyo lixdamaadkii qarnigii hore: Raadka ugu culus, tan iyo maantadan la joogo, ee laga garan karo saamaynta Hadraawi shakhsiyaddiisa qofahaaneed iyo tan suugaaneedba, magaalada Cadan ayaa loogu aroorayaa. Hadraawigii afka iyo dhaqanka baadiyaha soo fuuqsaday, ee toban jirka aan wax rooni u raacayn, ayaa ka soo degey marsada Cadmeed.

Marsada New York iyo tan Hong Kong ayaa lagu soo dari jiray, marka marsooyinka adduunka ugu caansan la sheegayo. Duni tii uu arki jiray si walba uga geddisan, ayuu la kulmay. Tirada ugu badan ee la isugu yimaaddo aroos, ama iid, ama Allabari miyiga, tobannaan ma dhaafi jirin. Ishiisuna wax ka badan ma arki jirin. Cadan markuu soo galay, tobannaan kun oo is dhex yaacaya, oo quruumo, afaf, diimo, iyo dadyow kala duwan ka socda ayuu la kulmay. Daaro, waddooyin, iyo duni wada iftiimaysa, aan laga baqayn bahal iyo belo kale oo reerka u soo dhaca, ayuu soo degay. Quraankii, diintii iyo af

74

Carbeedkii ayuu ku bartay. Saaxiibbo kala duwan oo Soomaali iyo Carab u badan ayuu kasbaday. Dugsiga 'Baaderiga Tawaahi' ayuu af Ingiriisiga kaga soo baxay. Carabida uu dugsiyada Cadmeed ka bartay, waxaa tilmaan mudan gabayga af Carbeedka, oo maansada Soomaaliyeed ay dhinacyo badan wax ka wadaagaan. Gaar ahaan kuwa ay tiriyeen gabyaa caan ahi sida, Umru'l Qays, Cantara, Al-Mutanabbi, Xaafid Ibraahiim iyo kuwo Yamaneed laftoodu sida M. Garaada, Ludfi Jacfar Amaan iyo Idris Xanbala. Suugaanyahannimada Hadraawi iyo curintiisaba, gabyaagaasi si lixaad leh ayay u badhitaareen.

Nolol magaalo iyo micnaheeda ayuu si weyn u darsay oo intuu ka gaadhi karayey ka korodhsaday. Adduunka wixii ka socday ayuu la jaanqaaday. Halgan gobannimo oo Yaman iyo Bariga Dhexe si ba'an uga socda, ayaa maankiisa cuskaday oo qiire waddaninnimo ku beeray. Si joogto ah ayaa laysaga kala socon jiray Cadan iyo dalkii. Doonyo, maraakiib iyo dayuurado ayaa loogu kala gooshi jirey. Soomaalida Cadan xilligaas ku nool oo heer walba leh, tiradooduna kumanyaal ka yarayn, ayaa Hadraawi fursad wacan u siisay, afkii iyo suugaantii uu awalba hoodada u lahaa, inuuu culay iyo soofayn u qaado. Fannaaniinta Soomaaliyeed ee Cadan booqashada ku iman jiray, marka lagu daro sinimooyinka Carabida, Hindiga iyo Ingriisiga ee Cadan ka furnaa, Jaraa'idka, idaacadda iyo xafladaha Cadan ka dhaca, dhammaantood dookha iyo dareenka fannaannimo ee Hadraawi ayay si lixaad leh u wada waraabiyeen (Beled-weyn iyo Axaddii cir-ka-soo-dhac ma ahayn!) Ilo hor leh ayaa toggii maansa-abuurka Hadraawi ku soo shubmay. Waa doob,

75

dhowr iyo labaatan jirsaday, caafimaad qaba, dugsigii
sare dhammeeyay, macallinnimo bilaabay, hankiisuna
samada faraha la tiigsanayo. Waa giraantii labaad. Waa
Hadraawiga aqoonta iyo ilbaxnimada korodhsaday ee
hankiisa, fankiisa, iyo wadaninnimadiisu xad soo oodi
kara lahayn.

Muqdisho – luulka badweynta hindiga (Lixdamaadkii ilaa Siddeetamaadkii)

Meel laga dego, lagu noolaado, laga tirsanaado, loona
tirsanaado, aniga qiyaastay, oo dalkii u dhaami kari
lahayd Hadraawi, ma filayo inay ifka ka jirtay. Isku mar
ayaannu Cadan ka wada nimid. Xamarna isku guri
ayaannu ka wada degganayn (waa xilligii
xabbadikeentayda). Cadan ayaan ka soo sheekeeyay
siday Hadraawi u beddeshay iyo saamaynta ay noloshiisa
ku leedahay. Misna mar walba waxaa jiray, oo aniguna
aan si weyn ula wadaagay, in dalkaasi abaal weyn nagu
leeyahay, ha yeeshee aannu dareemaynay in aanu mar
walba marti ku nahay. Imaatinkii dalka, waa markii u
horraysay ee dal iyo dad aad ka tirsan tahay oo gob ah oo
aayahooda u madax bannaan aannu ku soo wada biirnay.
Dunidii ama riyadii Hadraawi maankiisa ka guuxaysay,
ayaa mar qudha ifafaalaheedii si weyn ugu muuqday.
Dalka iyo waddaninnimada ka sokow, fanka iyo bahdiisii
oo haldoorkeedii aanu ka maqnayn, ayaa Hadraawi kala
kulmay gobollada dalkoo idil, Kismaayo ilaa Seylac.
Macallinnimadii uu ku shaqaynayay waxaa ka buruud
weynaatay fannaannimadiisii. Sannaddo gaaban
gudahood ayuu ka mid noqday inta fara-ku-tiriska ah
marka abwaannada Soomaaliyeed la magac dhabayo.

76

Waana xilligaas marka uu riwaayadihiisii Hadimo, Aqoon iyo Af-garad Iyo heesaha jacaylka, wada tisqaaday, ee guri kasta lagu luuqaynayo, kalgacaylka uu dalka iyo qarannimada u hayaana ay laabtiisa iyo lubbigiisa dhaamisay. Barashadii iyo dhexgalkii fannaanniinta ayaa si gaar ah u taabatay. Waxaa tijaabo cusub ku ahayd aaladaha muusigga ee lagu tumayo heesaha Soomaaliyeed ee ka baxsan cuudka iyo dafka hore loo yaqiin. Qalab cusub iyo ruugcaddaa tumaya oo uu Xamar kula kulmay, ayaa sii jeclaysiiyay fanka Soomaaliyeed ee awalba uu u dhuun dalooley. Heesihiisa waxaa laxanka saaray fannaanniin caan ah sida Bashiir Xaddi iyo Cabdilkariim Jiir haddaan wax ka xuso; dhinaca qaadistana, sidoo kale kuwa ugu cod bilan ayaa ummadda soo gaadhsiin jiray sida Maxamed Mooge, Xasan A Samatar, Maxamed Saleebaan Tubeec, Xaliimo Khaliif Magool, Faadumo Cabdillaahi Maandeeq iyo Hibo Maxamed, tilmaan ahaan keliya. Taasina waa giraantii saddexaad. Waa Hadraawigii fankiisa udgoon dalka iyo dadkiisaba ku cashariyay. Hadraawi iyo dalkii toona, berisamaadkaa ku ma ay waarin. Taladii dalka ayaa majaraheedii militariga u gacan galay dhammaadkii lixdamaadka. Ceeryaan sun wadata, aan se la wada dhaadayn, ayaa jewigii shuushadaysay. Hadraawi iyo riyadiisiina ood iyo albaab bir ah ayaa ka hor yimid. 'Qab, qab dhaafay baa yimid.' Xabsiga ayaa loo taxaabay 1973. Gabbal madow baa u damay Hadraawi iyo shicbigii murtidiisa macaan iyo maawecladiisa hufan quudan jiray, xaalad kasta oo noloshu hor keento. Dhinac kale ayuu u rogtay. Af iyo aqoon, culays iyo cullaab , wuxuu hantay oo idil wuxuu isugu geeyay inuuu dulmiga ku habsaday isaga iyo ummadduu ka dhashay laga samato

77

bixiyo. Qawl iyo qori qiiqayaba wuu u qaatay. Jabhadihii dibedda ka halgamayay ayuu ku biiray oo halkaas dab ka soo shiday. Waa xilliga ku suntan maansooyinka Hadraawi kuwiisa waddaniga ah, ee shicbigu quusta iyo caalwaanimada ka dugsan jiray. Maantadan la joogana casharro badan laga la baxo, oo dadku soo xigtaan. Toban sanno ku dhowaad ayuu Hadraawi af iyo addinba ka halgamayay isagoo kicin, abaabulid, guubaabin, iyo laab-doojinba isugu daraya.

Carcaraaf dheer dabadii, halgankii ummaddu, gudo iyo dibedba, heeryadii dulliga iyo dibindaabyada ayuu gees isaga riday 1991. Maxaa laga dheefay? Sidii Hadraawi filanayay iyo wax u dhow toona ma ay noqon. (Naf-la-caari baa laga dhaxlo, laysku soo noqoye – Barre yare). Iyadoo la isku duuban yahay, sida ul iyo diirkeed, inay 'Bil Caanood' dhalato, oo loo ciido oo lagu wada caweeyo, ka bacdina goob cawo leh ummadda lagu furo, ayuu Hadraawi weligiis naawilayay. Tiisii ma ay noqon ee teelteel ayaa loo kala fadhiistay, iyadoo weliba eed, xasarad iyo utun la kala tirsanayo. Xabsi loo ma taxaabin ee dabayl waalan ayaa misbaaxii ifayay ka damisay.

(Maantana kataantii miyaa layga kala tuuray – Raage Ugaas). Yurubta fog iyo carro Ingiriis (waa halka aan aniguba maanta degganahay!) ayuu afka saaray. Haba tegin lahaydaa! Dhinac walba mugdi aan miciin lahayn ayaa Hadraawi kaga yimid. Dad iyo duni la xoreeyo iska daa, ee isagii ayaa is waayey. Boholyow ayuu bestiis noqday. "DABAHUWAN" ayuu muddo aan yarayn, maskaxda ku shiilayay. Maansadaa iyada ah ayuu quus iyo qalbijabba kaga hor tegay, oo naruura ku beertay.

78

Dhawr sanno ka dib, ayuu dalkii ku soo laabtay, markuu ku qancay in meel u dhaami kartaa aanay ifkan u oollin. Degaankii Ballicalanle ee uu ku dhasahay meel aan ka fogayn – magaalada Burco, ayuu maanta ku nool yahay, isagoo qurbe iyo qaxarkiisa si weyn uga dheregsan, jacaylka dadkiisa iyo cibaadada Eebbena wax u dhigmi karaa aanu u jirin. Shakhsiyadda uu Hadraawi leeyahay, oo ka soo dhex baxay nolosha uu soo maray, ayaa kasbatay xishoodka, deeqsinimada, dulqaadka, waddaninnimada iyo tastuurwanaagga qof kasta oo la kulmay uga marag kacayo. Tanina waa giraantii afraad ee aqoontayda nolosha Hadraawi ay ku soo ururaysay. Maanso iyo murti, sal-ma-guurto ah, aan marna duugoobayn, ayaa ah sedka laga hayo welina aan baddiisii gudhin ee laga maalayo. Anigana waxaa igu filan in 50 sanno wax ka badan Hadraawi is niqiin, wada noolayn, wada hawl gallay, saaxiibtinnimo gaamurtayna na xidhiidhso.

QAYBTA LABAAD

Dhul aan barwaaqo ahayn, dhul aan qurux lahayn, ifka ma jiro. Waxaa se jira dad faqiir ah oo aqoonta, caqliga iyo yahuunta ka faqiir ah. Dad foolxun oo aan manaafacsan karin hodannimada dhulkooda; faqriga iyo foolxumiduna korkooda ka muuqdaan. QURUX iyo HODANNIMO waa kuwa aad tacab ku kasbatid, ku baahi tira ee kaa muuqda, aad ku tanaaddid oo dunida kaga tirsanaatid. Marna ma aha kuwa geyigaaga iyo cimiladiisa ka muuqda ee aad caalwaa ka arradan tahay.

DAREEN
2016

Waa Cayaarihii Olambigga 2012. Boqortooyada Midaysan ayaa marti loo yahay. Degmada lagu qabanayaa waa Stratford, Bariga London. Dawladdu kharash malaayiin gini ah ayay gelisay, si nabad iyo habsami ah ay dhacdooyinka tartanku ku dhammaadaan. Wax kale kuma garatid ee magaalo cusub ayaa meesha laga dhisay. Xilliguna waa Xagaa. Waa marka quruxdu ay magaalada London dhinac walba ka doojiso ee loo dalxiis yimaaddo. Adigu se waxaas oo dhan u ma jeeddid. Waa lagaaga daran yahay oo meel kalaad ku maqan tahay. Shaadh kasta ha xidho, calan kasta ha wato ee markaad wejigiisa ka bogatid, magaciisana akhrisatid, ayaad garataa inuu Soomaali yahay. Waa Mo Farah. Orodkii 5000 mitir ayaa la isu taagay. Dhallinyaro la soo carbiyay, oo buuro iyo bannaan, qabow iyo kulayl, tababar adag ku soo qaatay ayaa goobta isugu yimid.

Marka orodka laga dhagac siiyo, ayaa wadnuhu ku fugfug leeyaa aad is tidhaa: "Tolow, lambarkee ayuu geli doonaa?!" "Tolow, xagguu idinku furi doonaa, oo idin dhigi?!" Dhawr wareeg ayaa la soo maray. Waa laysku jiraa. Mo ragga dambe ayuu ka dhex muuqdaa. Dunidu siday u dhammayd, garoonka hortaada iyo ragga orodka ku tartamaya ayay ku soo ururtay. Dareenkaagii halkaas ayuu isku shubay. Adduunka intiisa kale waxa ka dhacaya, inaan waxba kaa gelin ayaad u qabtaa. 800 mitirkii laysku reebayay ayaa la soo galay. Kooxdii isu soo hadhay, ayuu Mo Farah badhtanka kaga jiraa. Sidii qof maxkamad saaran oo ka sugaya in xukunkii lagu dhawaaqo, ayay neeftu kugu dhegtaa. Shaadhka Mo xidhan yahay iyo meeshuu marayo ayaad indhaha iyo maankaba la raacdaa. Waad la jaanqaaddaa, adoo isu malaynaya inaad orodka wax kaga jirtid. "Ma intaasay kaga eg tahay?" Saluug ayaa si yaryar kuu soo galaangala. Weli se quus ma joogtid.

Wareeggii u dambeeyay – 400 mitir – ayaa tartanka ka dhiman. Si fiican ayaa loo kala baxay. In yaroo mintid ah mooyee, intii kale ee tirada badnayd meel cidla' ah ayaa lagu soo dhaafay.

"Ma laga yaabaa inuuu kan kowaad galo oo billad dahab ah qaato?!" ayaa kugu dhalata, adigoo weli biciidsanaya inay taasi rumoobi karto. Mo Farah dhawr ayuu durba gadaal mariyay. Laba fadallo cadcad oo ka kala socda Itoobiya iyo Kiiniya ayaa weli ka horreeya. Saddexdaba nolol cusub ayaa ku dhalatay. In orodku imminka u bilaabmay ayaad mooddaa. Mid waliba wuu u jeedaa inta ay guushu u jirto. Waxaan badnayn ayaa u laaban.

Itoobiyaankii ayuu Mo ka soo baxay. Khadkii dhammaadka ayaa sanka ka soo galay. Si dardar ba'an ayaa Mo kiiniyaankii ugu shiday oo cagta cagta u saaray. Tallaabooyin dheemanka dunida ka qaalisan ayuu ka hor maray oo xarriiqdii u dambaysay madaxa la galay.

Sidii qof dil iyo daldalaad loo haystay, oo mar qura lagu dhawaaqay: "Kiiskaagii – dembigii laguu haystay, waa 'dismiss' – waa ka-kac iyo wax-kama-jiraan!" ayaa neef Ilaahay og yahay kaa soo booddaa. Kursigaad ku fadhiday ayaa lagaa dhuftaa, aad is aragtaa adoo hawada sacabtun iyo qaylo isku daraya: "MO BAA BADIYAY!"

Inuuu Ingiriis u ordayay oo billad dahab ah u soo hooyay, ayaad iska illowdaa. Adigoo keligaa fadhiya ayaad isla hadashaa (una qabtaa dunidan kugu wiirsataa inay ku maqlayso). "Ma arkayseen wiilkii Soomaaliyeed waxa uu sameeyay!" Daqiiqado in lagu qiyaaso, ayaad sammada dhexe, laydha guud ee macaan, shimbiraha lalaya kula leexaysataa. Maskaxduna ka yara xorowdaa magacxumidii dalkaagu tobannaan sanno adduunka kaga tilmaannaa.

Dareen caynkaas ahi dhif ayuu sebenkan inkaaran, kuu soo maraa.

Eng. MAXAMED BURAALE FAARAX
IYO
FURSAD QAALI AH AAN KU XASUUSTO
2014

Saddex dhinac oo qof walba lagu qiimeeyo, gaar ahaan
marka uu xijaabto, ayaa kala ah dabcigiisa iyo dad-la-
dhaqankiisa, aqoontiisa iyo cilmiga uu lahaa, shaqadiisa
iyo hawlkarnimada waxqabadkiisa. Sifooyinkaas dadkii
ay marxuumka isugu dhowaayeen noloshiisa iyo kuwa ay
soo wada shaqeeyeen, ayaa si sax ah uga warramay
ammaantuu ku mutaystay iyagoo weliba ku daraya
waddaninnimadiisa iyo mararka uu u farabaxo
siyaasadda kaalintii uu ka qaadan jirey. Aniga
muraadkaygu waa inaan si kooban uga war bixiyo
dhacdo muhiim ah, aan goobjoog ka ahaa, marxuumkuna
isugu imaatinkeeda qabanqaabadeeda lahaa.
Waa bilawgii sagaashannadii qarnigii la soo dhaafay. Waa
xilligii kala gurashada, Soomaalida iyo shisheeyaha, iyo
Soomaalida dhexdeeda laf ahaanteed. Soomaali badan
ayaa u qaxday dalka Yaman ee deriska lala yahay.
Magaalada Sanca ayaa tiro aan yarayni degeen, welina
deggan yihiin. Kuwaas waxaa ka tirsanaa macallimiin
badan oo dawladda Yamantu shaqo qoratay; iyo kuwo
kale oo hey'adaha Ururka Qarammada Midoobay u
shaqeeya. Kuwan dambe ayuu Maxamed Buraale ka mid
ahaa isagoo hey'adda UNDP ka tirsan. Xilligaas oo
wejigabax iyo utun la kala tirsanayo – mid jirta iyo mid
aan jirin tay doonto ha noqotee – ayaa Maxamed Buraale
furfurnaanta, qalo-la'aanta iyo bulshannimada,
shakhsiyaddiisa lagu wada yiqiin, ayaa cid waliba
laabxaarni ku soo dhowayn jirtay. Anigu xilligaas

magaalada Cadan ayaan ku noolaa. Waxaa igu weheliyay Maxamed aabbihii Buraale Faarax (AHUN) iyo walaalkiis Cabdi Buraale. Qoys ahaan muddo aan dheerayn ayaanu is niqiin, waxa se na dhex martay barasho iyo qadderin weyn, khaas ahaan marxuumka.

Booqasho aan Sanca ku tegey, ayaa ku soo aadday martiqaad uu Maxamed Buraale ugu talo galay nin uu xurmo iyo abaal weyn u hayay, siduu ii sheegay. Martida la maamuusayaa wuxuu ahaa Axmed Xasan Muuse oo xubin ka ahaan jiray Golihii Sare ee Kacaanka. Martiqaadkaas M. Buraale wuxuu isugu keenay dad waayeel ah, kala shaqo duwan, gobollada Soomaaliyeed ka kala socda, rayid iyo militariba ka soo jeeda. Waa dad haddii aanay ahayn xafladdaa M. Buraale isugu yeeray, aan sidooda kale wadahadalku Sanca ku dhex marin. Sunta la og yahay ayaa ku wada mudan, ha lagu sii kala xummad kululaadee!

Qadada markii laga soo wada jeestay, ayaa kulan iyo iswaraysi 'barjo jaad' loo fariistay. Guriga la joogo jewigiisa bilan iyo martida la soo dhowaynayo awgood, ayaa dadku markan debecsanaan iyo isdhexgal furfuran ka muuqatay. Sidii caadadu ahaan jirtay, M. Buraale oo marti loo yahay ayaa kulanka daaddihinaya. Soodhoweynta ka dib, waxaa la bilaabay in Axmed Xasan Muuse la waraysto. Mudanahu darajada uu dalka ka soo qabtay oo meelaha ugu sarreeya ahayd, ka sokow, waxaa lagu wada yaqaan oo u meel martay inuuu shakhsi ahaan yahay nin hadalka ku cad-cad, runta ka raaca inta uu og yahay, xanta iyo ka been-sheegga aad uga xishooda. Waa ruux aqoontiisa hadla. Sifahaas lagu sheegay ayaa ka mid ahaa sababaha kulankan ay dadkaas kala duwani isugu yimaaddeen. Xasuustayda, intayadii xafladda isugu timid

Axmed Xasan keliya ayaan jaadka afka saarin. Marka waraysigii dheeraa ee Axmed dalkii kaga warramay, intii iyo siduu ugu xog hayay, ayaan jeclaystay mid aan is iri dad badan oo Soomaliyeed ayaa kolleyba danayn doona inay waxa ka jira ogaadaan. Su'aashaa iyo jawaabtii Axmedna sidan ayay u dhacday: "Mudane Axmed Xasan, su'aal muddo dheer igu wareegaysay haddaan ku weyddiiyo, markaad ciidan ahaan talada dalka qabanayseen, waad la socoteen in aydin dawlad jirta oo leh siyaasaddeedii iyo xiriirkeedii ay adduunka kula dhaqmaysay, aydin xukunka kala wareegaysaan, ee ma jirtay idinku qorshe siyaasadeed oo dalka loogu sii talo galay oo aad isla qabteen fulintiisa? Iyadoo kooban maxaa idiin qorshe ahaa Golihiinii Sare ee Kacaanka oo aad isla ogaydeen in shicbiga la badbaadinayo lagu maamulo?" Axmed intuu su'aasha si fiican u dhegaystay oo u dhuuxay, inta fadhidayna wada dhawrayaan, ayuu si deggan oo daacadnimo ka dhadhamayso, ku soo koobay: "Siciidow, adaaba sheegaya!" Jawaabta Axmed ha gaabnaatee, sida ka muuqata, dhawr su'aalood oo weli dad badani isweyddiinayaan ayay jawaab shaafi ah ka bixinaysaa.

- In ay xaqiiqo tahay in wax qorshe ah oo la isku ogaa in dalka lagu maamulo meesha oollin.
- In ciidanka badankiisu ku qanacsanaa in marka dalku xasilo, talada lagu wareejin doono rayidka.
- In dawlado ka dambeeyay oo ciidanka la ogaa 'Kacaankaas' – Midowga soofiyeeti iyo qayrkiis – aanay jirin. Sida aanay u jirin cid taliskii militariga ku khasabtay inuuu qaato fikradda iyo falsafadda 'Hantiwaagga cilmiga ku dhisan' in dalka lagu maamulo.

89

- Mar haddan qorshe siyaasadeed jirin, in dalku ku socday qorshe-maalmeed iyo hadba waayaha dhacaya dabayshiisa wixii laga la kulmo.
- In 'Kacaankii Barakaysnaa' maalintii uu dhashayba kafantiisii gacmaha ku sitay, ee aanu dhawr sannadood ka dib marin habaabin, sida duul badani isku qanciyaan.
- Munaasabadda kulankaas keentay, iyo kuwo kaloo gaar ahaan aniga qaali igu ah, ayaan ku wada xusuustaa marxuumka Maxamed Buraale Faarax. Isaga naxariis Eebbe, ehelkiis sabir iyo iimaan, akhristayaashana in xuskaasi wax micne leh innagu wada kordhiyo oo danta guud laga raaco.

XORRIYADDU WAA UGBOONAYN JOOGTO AH
2014

"Ammaanta uu degelka WardheerNews mudan yahay iyo xilalka uu ka soo dhalaalay muddadii uu ifkan u soo baxay, toban sanno ka hor, qorayaal saaxiibbaday ah ayaa si fiican uga hadlay. Ku-celcelinina xiise-dil mooye wax ma soo kordhiso. Sidaas darteed, ayaan baal kale u marayaa hambalyayntayda munaasabaddan ku aaddan 10-guuradiisa. Hawlahaas uu degelka WardheerNews soo gutay ilaa sannadkan uu 10 jirsaday dhinaca wartebinta, dood-wadaagga, falanqaynta arrimaha adduunka ka aloosan, dhammantood ujeeddada aan ka lumin waxay ahayd mar walba kaalinta uu ku leeyahay ilaalinta iyo hodmaynta xorriyadda qofka Soomaaliyeed ku nool yahay. Sannadkan cusubna sidii uu ugu sii qalab urursan lahaa in guulihii la gaarayna dhidibbada loo sii adkeeyo, inta dhimanna wax looga qaban lahaa, ayuu u guntaday. Maamulka tifatirka oo qorshe-dejintu xilkiisa tahay ka sokow, waa qorayaasha iyo akhristayaasha kuwa yoolkaas ka qaadanaya qaybta ugu weyn ee la'aantooda aan WardheerNews maanta magacaa bilan ku yeesheen. Tasoo hadafkeeda durugsani yahay sida qofka Soomaaliyeed xorriyad buuxda u gaadhi lahaa. Halkaa waxaa ka furmaya su'aalo badan oo xorriyadda la wada xiriira – micnaynta ereyga laftiisa iyo wejiyadeeda faraha badan iyo sida loo kala fasirto. Badweyntaa ayaan rabaa in aan inoo yara saafo si halkaas looga sii wado qoraallada xorriyadda la xiriira oo kun weji yeelan kara, anigoo maqaalkan kooban, aad u kooban, WardheerNews uga dhigaya hambalyo iyo deeq laygu leeyahay gudashadeeda, saaxiibbada kalena ugu baaqaya inay halkaas ka sii wadaan." SJX

Xorriyadda

Xorriyaddu waa erey macaan, mug weyn, dhalaal badan oo lagu wada dhaato, lagu hadaaqo, loo halgamo oo nafta loo huro. Xorriyadey maxaad tahay?

Xorriyaddu waa cucubka iyo ciriiriga sidii looga bixi lahaa, oo loo hanan lahaa nolol astaamaheeda dhinac walba ka hareeyaa ay yihiin nabad, sareedo iyo nafaxaad la mahadiyo. Midka maadiga ah ee taabashada iyo tusidda leh sida cuntada, huga, hoyga, caafimaadka iyo midka macnawiga ah ee dareenka maanka lagu garto sida aqoonta, cilmiga, suugaanta, fanka, oo muujiya naruurada lagu nool yahay. Marka sidaa kooban loo tilmaamo xorriyadda, waa tan qof kasta oo bani'aadmiga ka tirsan, meel kasta ha ka joogee, uu u heellan yahay. Haddii cid waliba rabto oo sidaas ugu heellan tahay, maxaa keenaya wareerka, colaadaha iyo dagaallada dunidii ka dhammaan waayay?

Qofku markiisa horeba waa bulsho-ku-nool; waana bulsho-u-nool. Xorriyad iyo sareedadeeda qofku keligiis ma gaari karo bulsho la'aanteed, mana ilaashan karo ee waa in loo wada hawl galaa. Si loo hawl galo waa in 'xeer' loo dejistaa. Xeer-dejintaas ayaa fasiraado badan oo kala duwan yeelanaya, iyadoo fasiraad waliba ku andacoonayso inay habkii ugu qumanaa iyadu ku talinayso. Bulshada marka la soo dhex dhigo xorriyadda fasirkeeda iyo sidii loo ilaashan lahaa iyo xeerarkii lagu dhaqan gelin lahaa ayaa muranku bilaabmayaa. Sababta oo ah, dadka ayaan marna isku garaad, isku dan, isku awood, isku aqoon ahayn ee cid waliba iyadoo

92

ammaanaysa xorriyadda ayay misna rabtaa in loo dejiyo xeerarka sida iyada u dan ah. Taas oo salka ku haysa in markiisa horeba uu qofku labada dhinacba wato. Kan samaha iyo kan xumahaba. Waxaad qofka guntiisa ugu tegaysaa damaca, nin-tooxsiga, kibirka, xadgudubka, awood-sheegadka, ismadaxmarka, hawaawiga naftiisa oo si loo xakameeyaa ay ka adag tahay belo kasta oo dibedda ka iman karta – bahallo iyo dabaylo waalanba. Tan gaar buu ka jecel yahay tan guud. Sawirkaas oo weyn ayaad ugu tegaysaa reerkana.

Reer kasta oo Soomaaliyeed, cudurkaas aan qofka ku sheegay ee birta ka adag ayuu qabaa. Sida qofku uu bulsho xakamaysa hawaawigiisa ay tahay lagamamaarmaan, ayaa reerkuna u baahan yahay qaran xakameeya ismanfuukhintiisa iyo dhoohanaanta uu cidlada la taagan yahay. Qaranka oo aynu ka wadno dowladda, iyada lafteedu haddaanay xeerinayn xuquuqda bani'aadmiga ee ummadaha adduunka ka dhexeeya oo hor iyo horraan ku dhaqayn shicbigeeda ka dibna kula dhaqmayn dunida inteeda kale, qabso oo waa xaanshad meyd ah oo meel iska taal. Dowladdaasina waxba kama duwana qofkii kibirkiisa ku sakhraamay ee jar-iska-xoornimada u bareeray. Caanseernimada lagu jiro iyo caalwaanimaduna halkaas ayay ku jirtaa oo waa waxa shaaggu i noogu rogmi la' yahay.
Bulsho kasta oo jirta iyo marxalad kasta oo la marayo, waxay leedahay waayaheeda oo ummadaha adunka ku nooli iskuma wada sar go'na. Halka xorriyadda aynu soo carrabaabnay laga garan karo heerka aynu ka joogno, waa in la eego labadii qaybood ee kala ahaa tan maaddiga iyo tan macnawiga halkee laga marayaa iyo intee ayaynu

gaarnay oo ku guulaysannay. Qorshaha horumar kasta loo dejiyaa dowlad qarameed ama maamul gobeleed waa sidii xorriyadda la higsanayo loogu la sii dhowaan lahaa iyadoo lagu talo gelayo itaalka iyo hantida la haysto iyo cidda laga kaashan karayo adduunka. Wejiyada ay xorriyaddu leedahay ee faraha badani way is buuxinayaan, ee ma aha kuwo marna is diidi kara. Haddaan soo qaadno qofka xorriyaddiisa dhinaca jiritaankiisa, dhinaca dhaqdhaqaaqiisa, caqiidadiisa iyo fekerkiisa, dhinaca siyaasaddiisa iwm, marna ma aha kuwo liddi ku noqon kara bulshada uu ku dhex nool yahay horumarkeeda. Bulshada horumarkeeduna wuxuu u adeegayaa qofka iyo qoyska horumarkiisa.

Had walba guusha iyo sareedada la soo hooyo ee dadku wada dareemo inay noloshoodii taabatay ayaa sida xabagta isku tosha ummadda wada nool laabteeda iyo laxamkeeda oo midnimadeeda adkaysa. Bursiga iyo gacansarraynta faanka laga deyayo ee xorta la isku modayaa waa daleel. Waa meel cidla' ah. Waa hungow iyo habaas wixii laga dheefaa. Waxaan haba yaraatee la garan, inta ka kale uu xaqiisu maqan yahay, ka aad haysataa ama moodaysid inaad haysatid ee ku faanaysaa waa qumbulad muddaysan oo mar aanad ogayn kugu qarxaysa ee ogsoonow!

MAXAA ISA GA DAN AH?!
2014

Lix sannadood oo aan kala go' lahayn ayaan ka soo qayb gelayay 'Bandhigga Bugaagta Caalamiga ah ee Hargeysa' sannad walba lagu qabto. In kastoo magacu yahay "Bandhigga Bugaagta," misna barnaamijku qaybo tiro badan ayuu ka kooban yahay. Haddaan tilmaan u soo qaato kii 5 – 13 bisha Agost 2014 ka qabsoomay Hargeysa, dadka dibedda laga martiqaaday 50 ayay kor u dhaafeen; kuwaas oo ka kala socday Australia, Carabaha, Biritaaniya, Finland, Sweden, Jarmalka, Talyaniga, Malawi, Kenya, Nayjeeriya, Itoobiya, Kanada iyo Maraykanka. Kuwaas oo isugu jiray warfidiyeen, aqoonyahan, gabyaa, taariikhyahan, fannaanniin, sawirqaadayaal iwm oo barnaamijka siiyay xiisaha la yaabka leh ee dadka Hargeysa ku nooli ku soo dhoweeyaan.

Barnaamijku, caadi ahaan, dhowr maalmood ayuu ku eg yahay. Taasaa keenta inuuu subaxdii 8-da bilaabmo oo habeenkii 9-ka lagu gaadho, cidhiidhiga waqtiga dartiis. Sidaas ay tahay, misna loo ma kala tago, xiisaha loo qabo awgeed. Intayada Soomaaliyeed ee dibedda ka timaaddaa, kulankaas dhammaadkiisa ka dib, ayuun baa la haleeli karaa in lala kulmo ehel, saaxiibbo iyo qaraaba-salaan.

Bandhigga, qorshe loo kasay, ayaa lagu beegaa xilliga xagaaga ee dugsiyada sare ee waxbarashadu fasaxa yihiin. Waana xilliga ay cimilo ahaan magaalada Hargeysa ugu bilan tahay. Qorraxdhaca cabbaarradiisa ayaa roob neecaw raxmaad wataa ka xalxalaa dadka iyo duunyadaba milic kulaylkii tan iyo waaberigii dadka haystay. Bilicdaas ayaa habeenka loogu hoydaa.

Magaalada Hargeysa goob wacan ayay dhulka kaga taal – buuro iyo bannaan, doog iyo dooxooyin, cagaar iyo cagaag badan. Waa carro gedgeddoon miidhan aan isku-sii-deys la dhibsado wax ku lahayn. Carwadii ka dib, ayaannu tagnay, dhowr aan ku jiro, aqal qado na lagu casuumay oo ku yaal daanta galbeedka ee magaalada. Sii-socodkii, baabuurku buur dhagax iyo dhadhaab adag ayuu nala salooshay intaan aqalka la gaadhin. Aqalku daanta sinteeda ayuu ku yaal. Markaan baabuurka ka degnay, ayaan magaalada Hargeysa isha ka buuxsaday. Sidii dermo ay malaa'iko ku fara yaraysatay oo farshaxan ku xardhan yahay ayay is kala feeraarisay – Subxaan Al-Mubdicul Cadiim. Marna maanka ku ma soo dhacayso dunida sidan u bilan ayaa 23 sanno ka hor ahayd meel goraygu ka hadaafay. Siday ku dhacday? Talo qumman, dedaal wadajir ah, dan midaysan, iyo rabitaan geed-ka-go'an ah ayaa lagu xaqiijiyay. Magaalada nabadda ka jirta, dhismaha ka socda, iyo ganacsiga ka hir galay, meelo yar ayaa qaarradda Afrika laga la kulmi karaa! Duni shufbeeshay ayaa Hargeysada maantu ka soo kabantay oo laga dul dhisay. Kumannaal ruux oo ku sugnaa quus iyo niyadjab dalkii laga qaaday, ayaa maanta u soo kala tartamaya sidii ay caasimaddan boqran guri uga dhistaan intay goori goor tahay, ee weli la goyn karo sicirka dhulkeeda.

Kalaguurkaas iyo guusha baaxaddaas leh, dadkii kaalin libaax ka qaatay, mar aqoonyahanku ka haajiray oo

96

qurbaha iyo dal qalaad ka door biday, ayuu ka mid yahay akhyaarka qadada nagu casuumay gurigiisa. Qadada ka dib, barjo jaad ah, iswarasysi iyo falanqayn axwaasha dunida, ayaa intayadii isu timi na dhex martay. Mar Cishe lagu dhow yahay, ayaa kala-carrow noo bilaabmay; aannu isla jidkii hore soo raacaynno. Mar labaad ayaan magaalada Hargeysa milicsaday. Waa habeen oo iftiinka is qabsaday ilaa Naasa-hablood; ee geestaad eegtidba naftu u riyaaqayso ayaa ishu la kulantay, maankuna ku raaxaystay.

Dadka libintaas soo hooyay, ee magaca iyo maamuuska igman ku leh ummaddiisa dhexdood, waxaa ka tirsan akhyaarka casuumadda aan ka sheekaynayo noo fidiyay. Waa Mudane Maxamed Siciid Maxamed Gees Oo talisyadii Somaliland isaga dambeeyay jagooyin sare – heer wasiir – ka soo qabtay. Mar aan su'aal weyddiiyay: "Maxaa ugu weyn guul aad ku faani kartid, intaad ifka ku noolayd?" Intuu farta iigu fiiqay Hargeysadaan ka soo sheekeeyay, ayuu yidhi: "Inaan ka qayb qaatay nabadayntii iyo dib-u-dhiskii dalka, jeer Hargeysi maanta sidaad u jeedo tahay," isagoo qosol niyad ah u dhexaysiiyay ayuu ku daray, "Aniguna halkaad taagan tahay aan ka soo degay, si laabtu iigu doogsato araggeeda. Wax iiga qaaya weyn anigu ma sheegi karo." Maxamed Siciid Gees, ama Gees, sida saaxiibbadiis u yaqaan, shaqadii dawladda ee rasmiga ahayd wuu ka fadhiistay. Waa la-taliye Golaha guurtida ee Nabadda. Xaaladdiisa caafimaad, sida kaloo dhan waa fayow dahay; dhegaha ayaa aad u cuslaaday, oo halis u ah inay rejobeel gaadhaan. Hadalka qoraal ayaa loogu tebiyaa iyo isagoo dibno akhriska waxyaalaha qaarkood ku fahma. Qof
97

ahaan, waa akhyaar, aftahan laab xaadhan oo runta iyo dantu halkay ku jirto ka raaca marka ay talo la soo gudboonato. Maankiisa aqoon iyo waaya'aragnimo ayaa dhaamisay oo ciddii la kulantaaba ay isaga marag kacdo, Soomaali iyo ajnebiba.

Markaan casuumaddii ka soo laabtay, gurigaan degganaa imi, ayaan la kulmay war cusub oo sheegaya in nin 'weyn' oo dalka bilo ka hor wasiir ka ahaa, uu xuduudka ka gudbay oo ciidan qaran-weerar ah soo abaabulay si nabadda iyo horumarka dalku gaadhay loo majaxaabiyo. Arrin igu cusub ma aha. Layaab iyo fajicisana igu ma ay ridin ee mid keliya ayaan ka samri la' ahay oo qoraalkan ii geysay: Wasiirkaa iyo duul la mid ah ayaan ka warqabaa in dawladdu gashatay kharash aad u badan oo haddii dalool ka mid ah lagu abaalmarin lahaa GEES (iyo kuwo la mid ah) ay ugu fillaan lahayd in dhegaha daboolmay loogu daaweeyo.

Labadaas markaan is barbar dhigay, ayaa qalinku aammus diiday ay dadnimadu farayso ee maxaa isa ga dan ah?! Laba talaba, Rabbow, tii roon na sulansii. Waa i noo Carwada kal dambe iyo xagaageeda, haddii Eebbe idmo.

BANDHIG - DHAQAMEEDKA TODDOBAADKA SOOMAALIYEED (SOMALI WEEK FESTIVAL - 2015)

GUDO iyo DIBED, Soomaalida ku nooli muran ka ma keento in 'Bandhig-Dhaqameedka Soomaaliyeed' ee sannad walba lagu qabto London uu yahay muraayadda ugu iftiinka iyo ilayska weyn ee dadka Soomaaliyeed ka arkaan sawirkooda. Mid laab-doojin leh, lagu diirsado, lagu faano oo lala shir tago adduunka.

Maxaa ugu wacan?
Laba arrimood ayaa barnaamijkaasi ku dedaalaa, oo inuuu si weyn u oofiyo culayskiisa saaraa. Tan hore waa qaybaha ugu qaayaha roon dhaqanka in lagu soo bandhigo sida suugaanta – tix iyo tiraab kay ku tahay, dood-wadaag mawduuca ku habboon loo dooranayo, heesaha, cayaaraha hiddaha, daah-furka buuggaagta cusub ee af Soomaliga lagu daabacay, aqoon-isweydaarsi, barnaamijka carruurta iyo barbaarintooda iwm. Kuwaas oo loo xulo dad aqoon xeel dheer iyo magac maamuusan ku leh.

Arrinta kale ee xuska mudani waa dadka lagu marti qaado oo ka kala yimaadda degaannada Soomaaliyeed ee Geeska Afrika iyo qaarradaha adduunka, Afrika, Yurub, Kanada, iyo Maraykanka sida qaalibka ah.

Maxaa sannadkan u gaar ahaa?
Sidii sannadihii ka horreeyay, rag iyo haween da' weyn oo aqoon iyo waaya'aragba lagu yaqaan ayaa sannadkan laftiisana goobjoog ka ahaa oo kaalintoodii laga filayay ka qaatay. Hase yeeshee, xiisaha ugu weyn ee sannadkan ku cusbaa waa kaalinta dardarta leh ee ay haweenka

Soomaaliyeed ka qaateen Bandhig-dhaqameedkii sannadkan tobankii maalmood ee uu soconaayay, bilawgiisa ilaa dhammaadkiisa. Qiyaastii boqolkiiba in aan toddoobatan ka yarayn ayay ku lahaayeen. Haddii hore loogu yiqiin in haweenka Soomaaliyeed fagaare kasta oo la isugu yimaaddo – ku dhaqan iyo ku doorasho – ay dadka ugu faro badan yihiin, bandhigga sannadkan waxaa u dheeraa iyagaa abaabulkiisa, wadistiisa, jeedintiisa, daaddahayntiisa gacanta ku hayay. Waana sababta uu sannadihii hore uga bullaan iyo bilic weynaa.

Judhiiba, kulankii furitaanka oo tigidhadiisii dhawr maalmood ka hor lagu kala tegey xiisaha loo qabay, ayaa ifafaalahan cusub si weyn uga muuqday:

Ayaan Maxamuud, hoggaamiyaha iyo agaasimaha ururka KAYD ayaa ereygii soo dhowaynta si diirran ugu salaantay martidii iyo dadkii madasha isugu yimid.

Xildhibaanka ugu derajada sarreeyay ee madashaa joogay waa Rushanara Cali, xubin barlamaanka Biritayn, oo kasoo gasha Tower Hamlets, oo xarunta bandhiggan lagu qabtaa ku taal. Iyadaa ereygii furitaanka barnaamijka iyo ahamiyaddiisa lagu sii daayay.

Prof. Cawo Maxamed Cabdi oo Bare sare ku ah cilmiga bulshada, Jaamacadda Minnessoto, iyo Dr. Sado Mire, Archaeologist, Agaasimaha qalab-taariikheedka kaydka u ah ummadda Soomaaliyeed (director of Horn Heritage Charity) ayaa ka hadlay sida hawlahoodu uga qaybqaataan kobcinta iyo horumarinta dhaqanka Soomaaliyeed gaar ahaan casrigan lagu jiro ee xawliga daran uu cilmigu ku socdo. Ladan Cusmaan oo dalka Maraykanka ka socota ayaa iyana maansooyin Af-

100

ingriisi ah, dulucdoodse tahay kuwo toos ula xiriira aayaha Soomaaliyeed kulankaa ka jeedisay.

Maalintaa furitaanka oo loo arko inay tahay maalinta ugu ahamiyadda weyn toddobaadkaas, waxaa lagu soo khatimay maansooyin ay soo bandhigeen Caasha-Luul Maxamuud iyo Canab Guleed. Maansooyin isugu jira casharro qiime badan, maaweelin nafaxaad leh, hogatusaalayn dareen reebaya, iyo kaftan muddo dheer lagu xasuusan doono labadaa maansayahan, gaar ahaan Canab Guuleed oo markii ugu horraysay dalka UK safar ku timaadda.

Kulankaa furitanka siduu u dhan yahay waxaa daaddihinaysay Qummaan J Caqli oo ka tirsan maamulka sare ee ururka Kayd, oo iyada meel loo dhigay inay fadhiyada ugu qiimaha weyn ee ugu adag xilkooda lagu dhaafo. Ina rag kulankaa waxaa erey ku lahaa Maxamuud Sheekh Dalmar oo mawduucii sannadkaa ee 'Space – Goob ama fido' ka hadlay.

Maalmihii ka dambeeyayna sidaas oo kale ayay ku socdeen, oo haweenka ayaa mayalka u hayay oo si weyn loo mahadiyay. Wax la beero hadduu qofku ugu sito, aan taas marna shaki ka jirin, qof la beerana hooyo iyo haween wax ka khayr badan la ma sheegin.

Arrinta kale ee sida weyn uga dhex muuqatay bandhiggan waa kaalinta dhallinyarada Soomaaliyeed, gaar ahaan qurbajoogtu sannadkan ka qaateen barnaamijkan. Kulammo u gaar ah ay dhexdooda kaga doodayeen oo madashana la wadaagayeen ayay ku soo ifbixiyeen tijaabooyinkii ay ka soo mareen safarradii ay ku tageen dalkii hooyo markii ugu horraysay iyo

101

casharradii ay ka soo korodhsadeen. Indhafurka ay kala kulmeen iyo go'aanka ay gaareen ee wada ahaa inay rabaan markay waxbarashadooda ay dhammaystaan, isna diyaariyaan inay dalkii ku noqdaan, ayaa yididdiilo wacani ka muuqataa.

Si cad ayay u sheegeen in iyagoo aan ka abaal-dhacayn dalalkan ay wax ku barteen, kuna soo koreen, ayay misna arkaan in meesha baahida weyni jirtaa, wax roonna ay ka qaban karaan ay tahay dalka hooyo oo dhinacyo badan ka tabaalaysan. Dhalinyartaas, ku darso oo, isku dal keliya sida Ingiriiska ka ma ay wada iman ee dhawr dal oo kala duwan ayay ka kala yimaaddeen. Magaalooyin badan oo Soomaaliyeed ayay dallinyartaasi soo mareen oo Geeska ku wada yaal, tilmaan Kismaayo, Baydhaba, Xamar, Garoowe, Berbera, Hargeysa, Gabiley, Jibuuti, Jigjiga iyo kuwo kale. Dhallintaasi waa kuwii looga baqayay inay si weyn dalkii iyo ummaddii ay ka dhasheen ka calool go'aan.

Dhallinyaradu xiisaha iyo jacaylka ay afka, suugaanta iyo heesaha Soomaaliyeed u hayaan waxaa laga garan karaa sida ay maalintii xiritaanka u soo buux-dhaafiyeen golihii (Logan Theatre) lagu soo gebagebaynaayay barnaamijkii Toddobaadka Dhaqanka Soomaaliyeed oo kun qof ugu yaraan qaada. Fannaanka dhallinyarada ee caanka ah Maxamed Siciid BK sida ay heesihiisa korka uga hayaan oo weliba la wada qaadayaan ayaa ku xasuusinaysa sidii beri lagu ahaa fannaankii Michael Jackson. Gabayga, heesaha, maahmaahda, cayaaraha iyo laamaha kale ee la hal maala, waa ilaha ugu habboon ee sida ugu fudud ay facaadda soo koraysaa meel ay joogtoba ku baran karto afkeeda iyo dhaqankeeda

102

hodonnimadiisa iyo maqaamka uu ku sugan yahay. Waxaa kaloo bandhigga muunad iyo xiise weyn u sii yeelay barnaamij-carruureed ay soo qabanqaabisay Saynab Aadan oo waxbarasho iyo maaweelo isugu jiray.

Si aan loo illaawin ruug-caddaaga musdambeedka u ah barnaamijkaa la mahadiyay, waxaa iyaguna tilmaan mudan Jaamac Muuse Jaamac, la-maamulaha barnaamijka Toddobaadka Dhaqanka, Saciid Saalax USA, Maxamed Caddow Aljazeera, Maxamed Xasan Alto Finland, Rashiid Shabeelle Netherlands, Cabdiraxmaan faarax (Barwaaqo) Somaliland, Dr. Cabdirashiid Ismaaciil Jibuuti, Faarax Gamuute Kanada, Maxamed Xirsi Cabdibashiir Sweden, Cabdi Dhuux SomaliTheatre Mogadishu, Rashiid Gadhweyne UK, Ibraahim Hurre Deyrwaa Somaliland.

Xiddigaha fanka Soomaaliyeed, bal horta soo qabo Maryan Mursal, Daauud Cali Masxaf, Kaltuum Bacado, Maxamed Macalow, Nimco Yaasiin, Siciid Xuseen, Sahra Ilays, Nimco Deggan, Aar Maanta iyo kooxdiisa.

Hambalyo iyo bogaadin waxaa mudan Ayaan Maxamuud, hoggaamiyha iyo agaasimaha ururka KAYD ee barnaamijkan qaayaha leh sannad walba inoo qabata, iyadoo ay mar walba ku weheliyaan kooxdeeda ma-daalayaasha ah ee la'antooda aan shaag inoo rogmeen.

MAXAMED MAXAMUUD XANDULLE:
DANJIRE HILAADIN DURUGSAN
(1956 - 2016)

Maqaal aan ka qoray dhacdo aan ka qayb galay New York oo cinwaankeedu ahaa "Kulankii Dhallinyarada Adduunka – 1970" (wardheernews.com) ayaan ku bilaabay ereyo murugo ka muuqato: "Shan ayaannu ahayn, imminkana afar." Ka naga allaystay ayaan ka yara warramay sida dhagarqabta ah ee geeridiisu ku timid, intaanan shirweynihii iyo waxaannu kala kulannay u gudagelin. Maantana tii oo kale ayaa i hor taal: "Toban bay ahaayeen, imminkana sagaal."Waa dhallinyaro Soomaaliyeed oo hammi iyo hammad wacan xambaarsan oo Cadan iigu yimid 1980-kii, ka dibna deeq waxbarasho ka helay Midowga Sofiyeetigii berigaas jirey.

Maxamed M. Xandulle, danjiraha aan halkan ku maakuus-xusayo geeridiisa, ayaa kooxdaas ugu soo horreeyay; inta kalena raadkiisa soo raacday. Tobanku gobollo kala duwan oo dalka ka tirsan ayay ka kala yimaaddeen, summad keliya ayay se wadaageen – waddaninnimo, waxbarasha-jacayl, iyo ummaddooda inay u adeegaan. Waana tan Cadan isugu keentay, markay dalkii ka soo quusteen, qaarkoodna xabsi dheer ka soo mareen. Kooxdaasi kuwa ay ahaayeen, meeshay maanta kala joogaan, iyo waxay qabtaan, ogaalkay maqaal ayaan ka qoray – 'Safar Aan Jaho Lahayn – qaybta 5-aad' (wardheernews).

Maxamed M Xandulle, judhiiba markuu dugsiga sare dhammaystay '73/4 , ayuu ka mid noqday dhallintii 'Kacaanka Barakaysan' shooladda ugu dhacay bilawgii

105

toddobaatanaadkii isagoo waddaninnimo qiire fatahaya. Intii saadaashu wacnayd, ururka dhallinyarada kuwa ugu firfircoon ee ka dhex muuqda ayuu ku jiray. Sida dad tiro badan ka soo martay taariikhdaas, dagaalkii 1977-kii talisku ku qaaday Itoobiya ee ciidanka Soomaaliyeed ku hoobtay, qarannimadiisana dhaawac aan laga soo kabani ka gaarey, ayaa Xandullena ka calool go'ay wax rejo ah oo nidaamkaa laga dhawro. Xandulle, cilmiga falsafadda ayuu ka bartay Jaamacadda Dawladda Moosko (Moscow State University) ee ka tirsan kuwa ugu maqaamka weyn xarumaha waxbarashada dalkaas, kana soo qalin-jebiyay 1986. Isbeddel yididdiilo geliyaa uga ma uu muuqan dalkii hooyo xilligaas, sidaas darteed Xandulle ku ma uu soo laaban, ee Ruushkuu ku nagaadey oo waxbarasho sare iyo cilmibaaris ka sii waday.

1990-kii ayaa duufaan siyaasadeed taliskii iyo jiritaankii Midowga Soofeeti, kii Soomaaliyeed, kii Itoobiya dabayl-xagaaga raaciyay. Kii Yamanta Koonfureedna hogob kale ka ridey. Gedgeddoonka adduunka ka dhacay marna M M Xandulle aragtidiisa iyo yoolkiisa wax ka ma uu doorin. Mar walba wuxuu la soo taagnaa, dhibtu ha iska dheeraato ee mar uun bay hubaal Soomaalidu ka soo kabmi doontaa iyadoo inteeda ka xooggan. Safaaradda Soomaaliyeed ee Moosko ayuu ku biiray, isagoo mar la-taliye ka ah, mar shaqaale ka ah, sannadihii ugu dambeeyeyna danjire buuxa ka ah. Taariikh-nololeedka Xandulle qalinka u ma qaadin, ee saddex aan jeclaystay inaan ku xuso ayaan ku soo ururinayaa: Tan hore waxay tahay, xilli iyo duruufo adag oo in yar mooyee, Soomaalida inteedii badnayd ka raacday, *'saw inaan dantay waariyaa, dawga furan maaha!'* ayuu Xandulle tuu

106

siddeetamaadkii la safray, la soo jiifay, isagoo had walba la socda waxa adduunka ka dhacaya.

Waa tan labaad ee iyadoo Soomaalidu u aragtay in Midowga Soofiyeeti wixii la oran jiray aanu awood iyo itaal waxba dhaamin dalalka adduunka saddexaad badankood, ayaa Xandulle mar walba arkayay in Ruushku weli yahay xoog (superpower) tixgelin mudan iyo in wax lala qabsado. Intuu safaaradda joogay ma jiro madaxweyne Soomaaliya soo maray aanu Xandulle dhambaal arrintaas ku nuuxnuuxsanaysa aanu u dirin. Siyaalaha gaarka ah ee Xandulle arrimahaas muhimka ah ee durugsan ugu dhuundaloolay, waxaa ku kaalmaynayay isagoo si weyn Ruushka u dhex galay, afka iyo dhaqanka si fiican u bartay, xaaskiisuna ay ka dhalatay.

Tan saddexaadna waxay tahay, in aanu marna illaawin in dhallinyarada Soomaaliyeed la gacan qabto oo siday waxbarasho u heli lahaayeen lagu dadaalo. Muddaduu dalkaas joogay, ma qabo inay jiraan danjirayaal kale, meel kasta ha joogeen, tirada ardayda uu waxbarashada ku gacanqabtay soo cagacagayn kara. Waana mid deeqsinimada shakhsiyaddiisa ka marag kacaysa. Waa libin aan marna loo illaawayn, gaar ahaan sebenkan qallafsan ee ummaddeenu ku jirto.

Aniga qof iyo qoys ahaan xiriirkayagu marna ma kala go'in. Aaskii Hargeysa loogu qabtay ee qoyskiisa, ehelladiisa iyo asaxaabtiisa badani ka soo qayb galeen, xaadir baan ka ahaa. Ilaa tayda xaqa ahi immanaysana midda aan marna maskaxdayda ka baxayni waa mabda'-adayga aan loodsamayn ee ninkaasi la god galay.

Samahuu ifka geystuu Eebaheen aakhiro ka abaal marinayaa. Wa nicam billaah !

FALANQAYN:
"XADKA RIDDADA.. MAXAA KA RUN AH"
Buug xiisad weyn kiciyay
2014

Waxaa dhowaan ii soo gacangalay buuggan 'XADKA
RIDDADA.. MAXAA KA RUN AH?' Si guud ayaan
beryahanba ula socday buuq iyo sawaxan badan oo ku
saabsan buuggan iyo qoraagiisa. Muran kulul iyo hadallo
taagtaagan ayaa dhexmarayay inta buugga ku tilmaantay
inuuu si weyn u durayo diinta Islaamka oo ay ku
waajibtay in la gubo iyo in ku andacoonaysa in buuggu
mudan yahay in si deggan loo akhristo oo arrimaha uu ka
hadlayo, diinta Islaamku waxay ka qabto si miyir qab ah
looga baaraandego. Kooxda dambe, waxaa ka tirsan
kuwo hor iyo horraanba ka soo horjeeda talada iyo
xukunka go'aaminaya in buug la gubo sidiisaba.
Hugunkaas ayaa igu dhaliyay inaan falanqayntan aad u
kooban ka sameeyo buugga.
Akhriska buugga ka hor iyo ka dib toonna qasdigaygu ma
aha in kooxaha isku haya mawduuca buugga ee iskaga
soo horjeeda, aan diinta ugu kala xaqsooro si aanan
laftaydu ugu muuqan garsoore iyo mufti laftiisu xukun
uu isa siiyay jihaysanaya.
Si aan marna madmadow gelin ayuu qoraaga buuggu
Cabdisaciid Cabdi Ismaaciil, sida magca buugga ka
muuqata, sheegayaa in muraadka ugu weyni uu yahay
inuuu bayaamiyo arrinta 'gaalaynta qofka muslinka ah'
iyo 'xadka riddada' oo micnaheedu yahay ciqaabta uu
qofka diinta ka baxaa ifka ku muto. Taas oo Culumo
badani qabto inuuu dil yahay, ayaa qoraagu ku soo
bandhigayaa buugga xaanshadihiisa in haddii quraanka

kariimka loo raaco iyo sunnahii nebiga aanay meelna ku caddayn dilkaasi ee had walba loo rakaabsado sababo siyaasi ah iyo dano shakhsi ah. Buuggan ama buug-yarahani 133 bog ayuu ka kooban yahay. 13 qodob ayaa qoraagu u kala bixiyay. Kuwa ugu roonrooni waxay kala yihiin:

- Islaamka iyo xorriyadda diinta.
- Quraanka kariimka ah iyo riddada.
- Axaadiista nebiga iyo riddada.
- Maxaa ka run ah in culumadu isku raaceen xadka riddada?
- Riddada iyo siyaasadaynta diinta.

13-ka qodob ee qoraagu u kala saaray buuggiisa, mid aan buug waafi ah ama dhawr buug laga qorini ama laga qori karini ma jiro. Taasi waxay ka marag kacaysaa sida cajiibka ah ee qoraagu ugu dadaalay inuu 133 xaansho keliya mawduucyadaas wada culus isugu soo ururiyo; gaar ahaan marka af Soomaaliga laga hadlayo. Qoraagu si gaar ah ayuu u qaadaa-dhigayaa mawduuca RIDDADA iyo diintu waxay ka qabto ciqaabtiisa. Aayadaha quraanka kariimka ah ayuu daliishanayaa inay "tilmaamayaan noocyo badan oo ciqaab ah oo murtadku ka mudan yahay xagga Alle maalinta aakhiro. Ciqaabtaasna waxaa ka mid ah in camalkiisu adduun iyo aakhiroba hoobanayo, inuuu naarta ku waarayo, in lacnadda Alle ku dhacayso, in cadaabta aan laga khafiifinayn, in hannuunka laga dheeraynayo, iyo inaan toobadda laga aqbalayn kuwa gaalnimadoodu soo noqnoqoto. Sidaas oo ay tahayna ma jirto aayad keliya oo xustay xad ama ciqaab adduunyo oo ay tahay in murtadka lagu fuliyo." Sida buugga magaciisu sheegayo, in kastoo uu RIDDADA culayska saarayo, misna qoraagu

110

dhawr mawduuc oo dhammaantood culumadu isku diiddan yihiin sida kan riddada ayuu wada tilmaamayaa iyo mawqifkiisa cad ee uu ka taagan yahay. Waxaana ka mid ah:

- Magta haweenka iyo gudniinka gabdhaha.
- Diinta iyo dawladda.
- Qisaaska iyo dembiyada sida qofka looga gooyo.

Gudniinka gabdhaha inay ahayd caado ka horraysay diinta Islaamka oo la laasimay ayuu qoraagu ku sheegayaa oo aan quraanka iyo xadiiska qumman toona ku soo aroorin. Dhinaca kale, nafta bani'aadmigu inay siman tahay, rag iyo haween, gaal iyo islaam, Alle hortii oo mar walba lagu soo qaadayo in naf naf ka sarraysaa aanay jirin; halka magta haweenka ee barku ka socdayna ay ahayd iyadoo had walba la waafajinayay durufihii lagu noolaa iyo sidii loo kala ciidamin badnaa qoyska gudahiisa iyo wixii la mid ah oo dhaqan soojireen ah ahayd.

Dhinaca dawladda iyo diinta qoraagu toos ayuu u sheegayaa in xukunka ku tilmaaman quraanku uu yahay qofafka isqabsada in axwaashooda lagu kala saaro mooyee aan diintu meelna toos iyo dadab toona u abbaarin habkii dawlad loo maamuli lahaa. Maamulka dawladdu waa wax is beddelaya xilli walba. Dadka caqligooda iyo danahooda iyo dastuurkooda ayaa dejista iyadoo la waafajinayo duruufaha lagu nool yahay. Madax kasta oo dawladeed si ay ugu muuqato inay tubtii diinta Islaamku fartay ay ku socdaan, ayaa iyagoo waxay rabaan walaaqanaya, misna sheegtaan inay amarkii Alle talada ku hayaan; ciddii ka hor timaaddana ku sheegaan kuwo Alle ku caasiyoobay oo gaalo ah. Caalin iyo wadaad u qiil

111

bixiya oo mufti laga dhigtana marna la ma waayin la mana waayo xilli kasta iyo meel kasta ha ahaatee.

Ma aha markii u horreysay ee arrimahan laga hadlayo – 13-ka qodob – ama laga doodo. Buugaag badan ayaa laga qoray. Hase ahaatee, waa markii ugu horraysay ee caalin Soomaaliyeed oo soo bartay diinta Islaamka uu arrimahan buug daabacan ku soo bandhigay. In afka la isaga sheego mooyee, ma ay dhici jirin in arrimahan xasaasiga ah sida riddada ama magta haweenka in sidii hore loogu maqlay mooyee, in shaki la geliyo oo asalkii diinta – quraanka, sunnaha iyo culumadii waxay isku raacsan yihiin – hubsiimo dib laysku la noqdo, wax dhici jiray ma ahayn. Waana tan yaabku ka dhashay, markii buuggani falalka iyo dhaqankii yiqiinta loo qaatay inuuu diinta Alle soo dejiyay ku qotomo uu su'aalo adag ka hor keenay in dhegaha la wada taago oo dhabannada la qabsado.

Qoraagu waxaa uu sheegayaa in diinta Islaamku tahay quraanka kariimka ah iyo sunninhii nebiga oo danta bani'aadmiga iyo horumarkiisa u adeegaysa oo nuxurkeeda aan marna isbeddel ku imanayn. Ummadda ku camal falaysa quraanka iyo sunnaha ayay jirtaa siday u fasiran lahaayeen aayadaha quraanka iyo axaadiista nebiga iyagoo danahooda u adeegsanaya. Fasirkaasna culumada xilligaa joogta ayuu la gudboon yahay. Sida la ogsoon yahay culumadu waa dad fasirkoodu si kasta ay daacad u yihiin is khilaafi karo hadba meesha ay ka kala eegayaan (damac iyo danaysi hadduu soo galana, hadalkeedaba daa!). Labada qaybood ee culumada Islaamka ugu fadalka cad waxay kala yihiin kuwa loo yaqaan SALAFIYIINTA oo u taagan in sidii casrigii saxaabada diinta loo fasirto oo labka iyo qalqallooca laga jiro haddii la rabo inuu Islaamku guulaysto. Kooxda kale waa kuwa loo yaqaan CULUMADA CASRIGA oo iyagu la soo taagan axwaashii kun sanno ka hor dunida ka jirtay, imminka innaga i na ma anfacayo, diintana u hiilin maayo, dad kalena lagu ma soo xero gelin karo oo caqliga aadamiga ayaa diidaya oo ka hor imanaya ee iyadoo naskii diinta iyo nuxurkeedii wax nusqaan ahi ku iman, aan duruufta casrigan lagu nool yahay waafajinno. Qoraaga buuggu, sida ka muuqata doodihiisa badan, kooxdan dambe ayay dhinaca fasiraadda isku aragti yihiin.

Dhawr iyo tobankan sanno ee u dambeeyay waa loo jeedaa sida warbaahinta reer galbeedku (taasoo sunteeda iyo saamaynteeda weyn lala socdo) meel kasta ka faafiyaan in diinta Islaamka iyo Xuquuqda bani'aadmigu ay iska soo horjeedaan oo laba isku liddi ah, aan marna la is qabadsiin karayn yihiin, jeer loo gudbay in la wada simo 'Argaggaxa' iyo 'Islaamka', iyadoo mar walba ay marag u soo qabsanayaan falxumida 'jar-iska-xoorka' iyo 'xagjirka' falkooda mujrimka ah iyo fikirkooda maaleeyada ah ee maqaamka Islaamka cambaarta ku ah. Qoraaga buugga Cabdisaciid isagoo ka murugaysan dhagartaa Islaamku munasaha ka yahay ayuu buuggiisa ku soo qaadanayaa "diinta asalkeeda iyo nuxurkeedu waa turid, naxariis iyo xishood, waayo diintu waxay daahirisaa damiirka dadka, waxayna ku xirtaa samada, muuminkana waxay ku xambaartaa inuu ka fogaado dulmi iyo dembi, waxayna ku bixisaa inuuu u turo dhammaan uunka Alle". Halkaa waxaa ka cad in diinta tiirkeeda ugu weyni, cibaadada Alle ka dib, u yahay

113

dhidib-u-aasidda mabaadi'da xuquuqul-insaanka, iska daa waxyeello loo geystee.

Akhris deggan ka bacdi, aniga waxaa buuggan iiga baxay:
- In qoraagu hawl aan yarayn iyo waqti badan ku bixiyay soosaaridda buuggan.
- In qoraaga ay runtii ka muuqato inuu aqoon fiican u leeyahay diinta Islaamka, ay u weheliso culuumta kale ee muujinaya akhris-ballaarkiisu intuu le'eg yahay.
- Af Soomaaliga uu adeegsanayaa xagga gudbinta farriintiisa iyo dhawritaanka anshaxa inuuu mid soojiidasho leh yahay.
- Inuu asluub macallinnimo iyo qancis-ku-dedaal uu si weyn uga taxaddaray duulduul falcelin aan la mahadin keeni kara.
- Habka iyo qaabka buuggu, isagoo lagu darayo tixraacyada iyo tilmaamaha aad bog walba ugu tegaysid, uu u urursan yahay oo 133 bog laysugu keenay, waa cilmi bogaadin iyo qadderin aan lagaga masuugi karayn.
- Aqoonta ballaaran ee adduunka ee uu u kaashaday sida uu u xoojinayo dooddiisa iyana wax badan ayay shakhsiyada qoraaga ka tilmaamtay

Falanqayntan gaaban waxaan jeclahay inaan ku gebagabeeyo: ha la akhristo buuggan. Qof waliba intuu ku raacsan yahay iyo intuu ku diidi karo ha soo bandhigo, si dadku u ogaadaan meelaha buuggan lagu durayo iyo inta uu soo kordhiyay ee la mahadinayo. Wa billaahi atawfiiq.

114

EEBBOW, MAXAMED HA NOO WAAYIN!
2016

Qoraaga Somaaliyeed ee Bashiir Sheekh Cumar Good ayaa dhowaan wargeysxilliyeedka 'The Gulf News' ku soo saaray maamuusxus uu ka qoray marxuumka MAXAMED CALI (hore: Cassius Clay) oo dalka Maraykanka u dhashay. Si weyn ayaan ugu qashuucay qoraalkaas uu Bashiir ku magacaabay "Astaan qaaraddda Afrika ku tanaaddo, tan ugu bilan ayuu Maxamed Cali u taagnaa. Muhammad Ali symbolised Africa's moment of glory."

Dad badan ayaan hore ula qabay in Maxamed Cali (AHN) ku caan baxay isboortiga dhinaca feedhtanka, oo rag ka qaro iyo qoton weyn uu ciidda cunsiiyay sida Sony Liston 1964 iyo George Foreman 1974. Tu kalena waan la socdey in dalka Fiyetnaam loogu diray 'hawl qaran' si uu ciidanka Maraykanka ee halkaas ka dagaallamayay ku biiro. Amarkaasna inuuu ku farasaydhay, si roon ayuu ii taabtay. Labadaas ka sokow, libin kale oo aan akhyaarkaas Maxamed Cali ku ammaano ii ma ay muuqan, jeer aan gudagalay maqaalka Bashiir Good uu af Ingiriisiga ku duugay. Irrido aanan hore garaacba ku dayin ayaa qoraalkaasi ii ibo furay oo dhammaantood uu MC si heybad weyn uga soo wada mudh baxay.

Sebenka Iyo Waayihiisa: Maxamed Cali wuxuu ku soo aaday casri duruufihiisu aad u murugsan yihiin, qaaradda Afrika oo maraysa xilli kala guur ah, gumeysigii dunida ka talin jirey oo aad mooddid in markan uu gabbal baas u dhacay. Adduunkii oo bari iyo galbeed u kala bahoobay iyagoo kala hoos hadhsanaya gaashaanbuurta

115

NATO ee Maraykanku calanka u sido iyo gaashaanbuurta WARSAW ee Midowgii Soofiyeeti hormood u yahay. Curashada xilligaas toolmoon, ifafaalihiisa lagu diirsaday si weyn ayuu uga dhex muuqday dalalka adduunka saddexaad oo aqoonsi ballaadhan iyo tixgelin ku yeeshay waayaha lagu sugan yahay. Dhalaalka xiddigaha cirka waxaan ka iftiin yarayn kuwa ka siraadmay adduunkaas: Jamal Gamal Abdel Nasser (Masar).. Kwme Nkrumah (Ghana).. Haji Abubaker T Balewa (Nigeria).. L Senghor (Senegal).. Sekou Toure (Guinea Conakary).. Jomo Kenyatta (Kenya).. Jawaherlal Nehru(India).. Ahmed Sukarno (Indonesia)... Josef B Tito (Yugoslavia).. Chou en Lai (China).. Fidel Kaastro (Cuba).. halyeyadaas laysku hubo, oo isku duuban, ayaa shicbigooda hoggaanka iyo mayalka u hayey.

Madowga Maraykanka oo dagaal qadhaadh kula jira midabtakoorka iyo midiidinta lagu hayo, ayaa halgankoodii ku baahiyay dhinac kasta oo noloshooda ka tirsan. Siyaasadda, fanka, suugaanta, isboortiga, giddigood, si aan midina tan kale uga dhicin, ayaa looga wada hawl galay, adduunweynuhuna ka marag kacay. Magacyo foolaad ah oo ilaa maantadan la hadal hayo ayaa dunida ku shaacay. Martin Luther King iyo Malcolm X (siyaasadda).. Richard Wright iyo James Baldwin (qoraalka).. Ray Charles iyo Nat King Cole.. James Brown iyo Eta James (fanka) iyo Angela Davies oo iyadu intaba isku darsatay. Midabkii iyo timihi Afro-ga ahaa ee la quudhsan jirey, ayay ka yeeshay kuwo adduunka lagu daydo oo loo wada tartamo. Sidaas ay tahay ayaa misna xiddigga MC sida johoradda ugu wada iftiimayay madowga idil ahaantood meel ay joogaanba.

116

Muslimka oo dhammaantii ka tirsan inta ifka ugu ayaan daran, tiradooda kun malyuun kor u dhaaftay, guul la tilmaansado tii SALAAXUDDIIN ugu dambaysey, Israaiil oo aan afar malyuun ka badnayn Xaramkii weynaa ee Qudus ka amar ku taaglaynayso, dagaalkii 1967 oo isna adhaxda sii jabiyay, sawir si weyn looga murugoodo iyo xaalad Ilaahay laga magansado ku habsatay. Bariga fog ee Aasiya, dalalka la baxay Indo-China (fiyetnam, Laos iyo kamboodiya) oo beri hore gumeysiga Faransiiska heeryadiisii dhinac isaga riday, ayaa mid ka xooggan oo garmaqaate ah, kibirna is madax maray – waa Maraykanka'e – weerar cad ku qaaday aan geedna loogu soo gabban. Dadyowgaasi iyana u ma ay kala hadhin ee naftay u soo xidheen. Maxamed Cali oo ah labaatan jir aan sannado badani u raacin, ayaa sida birlabta soo wada jiitay intaas oo malyuun, oo kala quruumo ah, isagoo tilmaan u noqday kana kasbaday xurmo iyo qadderin sal-ma-guurta ah. Way iska wada dhex arkayeen, ku diirsanayeen oo laabdoojin ka qaadayeen.

Astaantaas uu haldoorka MC mutaystay mid sahal loo hanto aad ayay uga dheer tahay. Sadqo wax u dhigmaa jirin ayay ku kacday. Dhaawaca, damaqa, diifta, xanuunka, wiirsiga, daandaansiga, gun-iyo-guud-ka-weerarka ayuu dhabaradayg lagu wada qaadi karo u yeeshay. Maxamed Cali ma qabin urur, ummad, iyo adduun qorqoran oo dabajooga iyo macallin toos u hoggaamiya toona. Nin dhallin yar, isbooryahan ah, qoys dan yar ah ka soo jeeda, koolkoolin iyo jaamacad ka soo bixin, Maraykan ku nool, oo weliba Muslim ah. Waa kaalin aan marna hortiis looga dayin libin, mid la soo

117

hooyo iska daaye. Nolosha geesigaas MC ayaa noqotay jeegaan isqabsatay Afrika, Asiya ilaa Maraykanka. Tiro malyuunno lagu qiyaaso ayaa maqlay, bartay, jeclaystay, qiimayn iyo qadderin u qaaday, qofba sidiisa. Wargeysyo iyo buugaag aan la koobi karin ayaa wax ka qoray. Filimmo badan ayaa noloshiisa laga sameeyay.

Sawirro aan tiro lahayn ayaa laga faafiyay, goobo badan ayaa loollankiisa (feedhtankiisa) laga daawaday, raadiyaha iyo telefiishanka adduunka ayaa sedkooda ka qaatay, afafka ifka ka jira ayaa magaciisa ku hadaaqay. Hufnaanta qofnimadiisa iyo tastuurwanaagga uu qoyskiisa iyo saaxiibbadiisa kula dhaqmo marka lagu daro, ayay si fiican i noogu baxaysaa shakhsiyadda cajaa'ibka leh ee Alle-u-naxariiseygaas Maxamed Cali la god galay.

Maxamed Cabdi Faarax (Mo Farah)
Fagaare kale oo maanta loollan kale ka taagan yahay ayaan u gudbay. Soomaali oo gudo iyo dibed meelna sareedo bidhaanta ka arki waayey, ayaa iyagii tuhun iyo eedayn isku la soo jeestay oo is caydhsaday oo is cunay. Mar ay magac reer isu soo kooraystaan, marna, kaaga sii darane, diintii Islaamka lafteedii kala sheegtaan. Gudihii oo teelteelkaas loo kala fadhiyo; dibedda oo da'weyntii duni aanay weli cimiladeeda la qabsan, badankoodu ku xijaabanayo, da'yartuna ku milmayso ummadaha ay la nool yihiin, ayna u muuqato 'Talo Ku Badday!' Towsta wada haysa oo laga qaaday welwel iyo dhakafaar, meelna aanu xal lagu diirsadaa ka muuqan, ayaa sannadkii dhowaa ee 2012 tartankii caalamka dhex mari jirey ee "Olimbigga" ka qabsoomay magaalada London.

Maxamed Cabdi Faarax (Mo Farah) oo calanka Biritishka gashan, ayaa noqday ruuxa ifka ku nool ee Soomaali oo idil, meel ay joogtaba, isha la wada raacday, oo isku si guushiisa ugu wada riyaaqday, iyadoo dareemaysa in adduunkii ku wiirsan jirey maanta arkay in aanay Soomaalidu omos iyo abaaro iyo argaggaxa lagu sheegoo miidhan ahayn ee dhinacyo lagu faani karana leedahay.

Afar sanno oo kale ayaa ka soo wareegay guushaas. 2016-kii ayaa durba isa soo giraangiriyay oo bedka is keenay. Tartankii Olimbigga ayaa markan lagu qabtay dalka Brazil magaalada Rio De Janeiro. Intii labada xilli u dhexaysay, Maxamed Faarax dhawr tartan oo dhawr dal ka dhacay ayuu ku guulaystay. Hase yeeshee, kani waa kan ugu qiime iyo qadderin weyn tartammadaas oo dhan. Dalal badan dad ka socda ayaa iyaga iyo tababbarayaashooda, dawladahooduna daba taaggan yihiin, ay ugu horreeyaan kuwa Geeska Afrika – Itoobiya iyo Kenya – ayaa ku nidar gala inay "Soomaaligan dhowaan-soo-galka ah" ee billadihii iyaga meel loo dhigay ka maroorsaday, ay markan tusaan wuxuu ku quusto. Talo, taakulayn iyo tababbar waxay hayeen way sii toban jibbaareen si ay guusha ku soo dabbaalaan halkay oolli jirtey. Dadka Soomaaliyeed oo aan marna moogganayn qorshaha lala maaggan yahay khadarkaa u soo baxay, welwel kama maqnayn.

Dareenkaas iyo xiisahaa gedgeddoonka badan iyadoo lagu jiro, ayaa tartankii Rio xilligiisii la soo gaadhay. Orodka 5000 iyo kan 10,000 ayaa si gaar ah looga beegsanayaa boqollaalka kale ee barnamijka ku jira. Sida la filayay oo weliba laga cabsi qabay, labada orod ma ay qardoofooyin yarayn oo labada goorba turunturro iyo turxaamo ayuu la kulmay Maxamed.. misna si la yaab iyo lamafilaan ku ridday dadkii daawanayey ayuu ku guuleystay; kuwii ka soo hor jeedayna quus iyo niyadjab kala kulmeen. Tan iyo hanashadii gobannimada 1960, guul iyo raynrayn ay Soomaali sidaas ugu wada dabbaadegto, tan uu Maxamed faarax u soo hooyay ayaa ugu horreysa.

Shalayto wuxuu ahaa MAXAMED CALI kan feedhka CUDUDDIISU muslimka guusha u keenay, maantan waa MAXAMED FAARAX kan orodka BOWDADIISU Soomaalida, laga saaray diiwaanka dawladaha jira, waxay u riyaaqi karaan laabta ugu beeray. Waan ku caana-maallee, Eebbow, MAXAMED ha noo waayin!

FALANQAYN: ADDUUN IYO TALADII
2011

Waa buuggii Rashiid Sheekh Cabdillaahi ugu horreeyay ee af Soomaali lagu soo daabaco. Mid kan ka horreeyay "Suugaanta Nabadda iyo Colaadda" wuxuu Rashiid ka ahaa isku-dubbarride, gogoldhiggana isagaa u sameeyay. Mar aan isku dayay inaan sheego buug, ama qoraal kaleba, oo la akqristo waxtarka ugu weyn ee laga dheefi karo, waxaan ka badin waayay inaan ku soo ururiyo siddeeddan qodob:

- Baraarujinta, barbaarinta iyo laylinta maskaxda.
- Kor-u-qaadidda wacyiga iyo kasmada.
- Hufidda iyo hagaajinta akhlaaqda.
- Suubbinta dabciga iyo dastuuta.
- Ballaadhinta aragti-adduuneedka.
- Soofaynta dareenka fannaannimo.
- Aqoon-jaclaysiinta nafta.
- Nuglaynta iyo nabad-iyo-naxariis-ku-beeridda laabta iyo lubbiga.

Sidaas awgeed, ayaan talo ku gaadhay qoraalkii aan qodobbadaas giddigood, qaarkood ama ugu yaraan midkood oofinayn, inuuu iska yahay 'cantara-baqash' waqti-lumis kuu geysta, markuu ugu liito. Hadda iska jir! Tani ma aha talo geed-ka-go'an ah oo qof kastaa ku qasban yahay inuuu raaco, ee waa aniga iyo dun-hadalkayga qudha. Aniga ayaa taladaas cabbir ahaan soo qaata marka buug ama qoraal kale laga hadlayo. Imminkana Rashiid ayaan buuggiisa 'mashqac' gelinayaa ee bal wixii i nooga soo baxa aan eegno. Rashiid waa nin waayeel ah, waa suugaanyahan dhaqan-dhaadhi ah. Waa cilmibaadhe si weyn ugu kuur gala arrintuu wax ka

121

qorayo. Intaasi waxba yaanay indhasarcaad kugu ridin, ee aan u soo noqonno buugga iyo xil-gudashadiisa. Horta buuggu afar qaybood ayuu u kala baxayaa oo kala ah:

- Silsilad-maanseedda Deelleey – saadaal dhab ah.
- Maansada Dhulgariir – mushkilladda isir-sooca.
- Maansada Mayaldheer – shaabuug jac kulul bay sidataa ee nin walowba korkaaga ka eeg.
- Yuusuf Xaaji Aadan – geeri iyo nololba ragannimo.
- Xaaji Aadan Axmed (Afqallooc) – murti aan gaboobayn.
- Ibraahim Sheekh Saleebaan (Ibraahin Gadhle) – murti iyo dadnimo.
- Toddoba maqaaladood oo kala mawduuc ah dhammaantoodse gobanimadu waxay tahay micnaheeda tusaalooyin kala duwan kugu dareensiinaya.

Qaybta Kowaad: Silsiladda Deelleey oo socotay 1980-kii ugu yaraan 50 maansayahan ayaa ka qayb qaatay. Dadka raba – wayna badan yihiin – inay kala ogaadaan sidii loo kala saftay keliya, kuwii taliska la jiray iyo kuwii ka jiray, si fudud ayay u kala sooci karaan mid walba maansadiisa markay gudagalaan. Rashiid oo maansooyinkaas dhammaantood wada aqriyay, qarkoodna dadkii curiyay ka ag dhowaa, jawigii iyo waayihii siyaasadeed ee la tiriyayna ku dhex noolaa, faalladiisa iyo dantiisu way ka durugsan yihiin sar-ka-xaadiska ah *yaa mucaarad ahaa iyo yaa muxaafid ahaa.* Wuxuu ku dedaalayaa in uu si cad u iftiimiyo in labada dhinacba aad ugu tegaysid sida "waabeeyadii" uu talisku adeegsanayay – qabyaaladdii – labada dhinacba saamaysay oo halkii boosh iyo waafi loo kala bixi lahaa arrintii isku qasantay oo isu rogtay

122

'tolla'ayeey' in kastoo ay jireen siyaasad ahaan iyo qowmiyad ahaanba kuwo si qayaxan isu taagay oo mabda' ahaan ku kala saftay. Rashiid waxuu i na tusayaa in kuwaas laftooda ay ceeryaamadii sumaysnayd ee taalisku hadhaysay, daadkii soo rogmadayna uu hafiyay.

Qaybta labaadna waa sidoo kale. Abwaanka Maxamed Ibraahin Warsame "Hadraawi" in kastoo aanay jirin maansooyinkiisa mid aanu Rashiid aqriyin ama ruugin, misna labadan ayuu i nooga soo xulay: Dhulgariir iyo Mayaldheer. Labadaba dhinacyo dahsoon inuuu i noo iftiimiyo ayuu ula qasdiyay, haddii kale aqristaha magacyada ay xambaarsan yihiin iyo boobsiis lagu dul maro ayaa ugu filan. Rashiid horta waa naaqid, waa falanqeeye suugaaneed, waa dadka lagu tilmaamo inay sadarrada wax ka dhex aqriyaan. Maansada "Dhulgariir" iyadoo baaqa iyo farriinta ay gudbinayso uu abwaanka la qabo, ayuu misna kaaga digayaa inaan arrintu sidaa loo fasirayo, ama laysu farayo, ama lagu ducaysanayo wada ahayn halka mushkiladda xalkeedu ku jiro. Meel aanad filayn ayuu kuugu tilmaamayaa in cudurka naxligiisu jiifo: 'Waa kuwa iyagu wax quudhsanaya, iyagoon is ogayn inuuu daadku sito'.

Maansada kale ee "Mayaldheer," abwaanka Hadraawi nolosheenna meesha ugu halista weyn ayuu farta i noogu fiiqayaa isagoo daaq iyo degaan ka hadalaya. Dhegaysiga maansadaa badanaa waxaad u qabtaa in cid kale lagu la hadlayo oo arrinku adiga aanu toos kuu khusayn. Rashiid oo halka uu Hadraawi farta ku godayo la socdaa wuxuu i nagu baraarujinayaa inta xil i na saaran ee agteenna ku baylahaya. Cadaadis gumeysi iyo dabiicadda

123

qallafsanaanteeda inaad ka hor tagtid, iska caabbidid, oo ka guulaysatid, waxaa kun jibbaar ka adag sidaad uga rayn lahayd turunturooyinka iyo turxaamaha ay naftaada hankeeda yar iyo hawaawigeeda gaabani ku soo hor dhigayaan ee kaaga sii darane la dhaadayn. Maansada Hadraawina digniintaa ayay bixinaysaa.

Qaybta saddexaad: Akhyaar saddex ah oo Rashiid uu xilliyo kala duwan la kulmay, bartay, oo la dhaqmay waxay kala ahaayeen Yuusuf Xaaji Aadan, Xaaji Aadan Axmed (Afqallooc) iyo Ibraahin Sheekh Saleebaan (Ibraahin Gadhle). Saddexdaa marxuum ifka way isku soo gaadheen. Ha yeeshee, Rashiid danayntiisu waxay ka timi saddex dhinac uu culayska saarayo. Waa waddaninnimada, suugaanyahannimada ay dhammaantood buuni ku ahaayeen, iyo dadnimada uu saddexdooda ugu tegay. Rashiid ujeeddadiisu ma aha inuuu taariikhnololeedkoodii wax ka qoro ee la kulankiisii qof ahaanneed uu akhyaartaas la kulmay iyo dareenka barashadoodii iyo ladhaqankoodii ku reebeen noloshiisa ayuu qiimayntoodii i noo soo gudbinayaa si aynu ula wadaagno.

Qaybta afraad ee ugu dambaysaa waxay iyadu ka kooban tahay 7 maqaaladood oo dhammaantood ku wada arooraya gobannimada micnaheeda iyo sida loo higsan karo in loo gudbo muwaadinnimo dhab ah oo laga gudbo qabyaaladda iyo udabranaanteeda oo aan marna sahal ahayn ee qofka Soomaaliyeed la soconaysa ilaa intuu ka god gelayo. Maqaalladahani ma aha talooyin iyo waano mutuxan oo toos u tilmaamaya sida 'gob' iyo 'waddani' lagu noqdo, ee waa casharro waaya'aragnimo oo Rashiid nolosha iyo dhacdooyin soo maray ka soo guurinayo. Kuwaas oo aan hubo in laga wada qaadayo xiisayn, aqoonkorodhsi, iyo jacayl waddaninnimo ay dareenkaaga ku beeraan.

Buuggan hore ayaan u sheegay in aan xaanshadihiisu 150 ka badnayn oo af Soomaali fudud aan lagu marganayn ku qoran. Qofkii isku qaadaa waa hubaal inuuu maalin gelinkeed kaga soo jeedsan karo isagoo weliba hadduu rabo ku taamaya inuuu barbar isaga riday. Taasi waa mid dhici karta. Anigu se mid yar ayaan ka digayaa si aan loo ilduufin geeddiga dheer ee Rashiid u soo maray qoraalladan.

Rashiid kolleyba ogaalkay 60 jir ka ma yara. Waxbarshadiisu laga bilaabo dugsi quraan uu yaraantiisii ku galay, ilaa jaamacadda uu tacliinta sare ku qaatay, sidaas ayay taxnayd. Caasimado adduunka loo wada qirayo da' iyo aqoon cilmi heerkay ka gadheen, qaarkood wuu soo maray, xilliyadu haba kala yaraadaane. Qaahira oo uu jaamacaddeeda cilmiga bulshada ka soo qalinjabsaday, Baqdaad, Moosko, Bekiin ikk... shaqooyinka uu soo qabtay, dalalka uu booqashooyin ku tegay, halganka siyaasadeed ee dhamacdeeda markuu ku dhiman waayay waaya'arag iyo adkaysiga ka qaaday, badaha uu isaga kala gudbay ee dantu badday ugu dambayntiina isaga iyo qoyskiisii ku furtay Boqortooyada Biriidaaniya.. iyo.. iyo.. Weli la ma sheegin dhawr iyo afartankii sanno ee u dambeeyay maalin aqris-la'aan Rashiid ku dhaaftay, meel kasta adduunka ha ka joogee. Ku ma darayo dabcigiisa, dadnimadiisa iyo mabaadi'da uu aamminsan yahay oo taasi bad kale ayay i nagu furaysaa.

Inahaas yar ee aan Rashiid ka sheegay iyo kuwo kaloo badan, waxaad ugu tegaysaa buuggan yar "Adduun Iyo Taladii." Midda keliya ee aan kaa la dardaarmayaa waa miyir ku aqriso oo ha boobsiin, kuna noqnoqo; mar walba in kaa sheellanayd ayaa kuu soo ifbixi doontee. Aqris wanaagsan.

YAA KALE?!
2015

Weedhan gaaban ee 'Yaa Kale,' labada micne ee judhiiba ay dadka maskaxdooda ku soo ridayso, waa khalad iyo gef aan loo la niyoon. 'Yaa kale' mar waxay sheegaysaa: "Isaga waa haynaa ee yaa kaloo lagu soo dari karaa, oo maalintaa dhashay?" Malyuun iyo in ka badan ayaa la tirin karaa. Micnaha labaad ee 'Yaa Kale,' waxay u dhacaysaa: "Isaga mooyee miyuu qof kaleba jiraa, sida la wada og yahay, oo maalintaa dhashay. Immisa ruux maqaam leh ayaad ugu tegaysaa, ay ka mid yihiin.. nebi.. caalin.. abwaan.. faylasuuf.. macallin.. dhakhtar.. qoraa.. iyo.. iyo.. oo maalintaa dhashay." Haddaba xaggee bay 'Yaa Kale'-dani u jeeddaa?

Toban maalmood ayay ceelka Addis Ababa joogeen, iyagoo sugaya warqadihii ay kaga soo ambabixi lahaayeen. Waa dhawr waayeel oo akhyaar ah. Waa kuwa dalka ay ka imanayaan iyo kay u socdaan ee laga dhawrayaba qadderin weyn iyo xiise badan loogu hayo. Waa kuwo socodka dheer, sugidda dheer iyo 'berri-soo-noqoda' dheer aan geyin oo dhib weyni ka hayso. Waa Muuse Cali Faruur, Cali Xasan Aadan (Banfas), Maxmed Ibraahim (Hadraawi), Xasan Cabdillahi (Ganey), Faysal Cumar Mishteeg, Xasan Qawdhan, Axmed Sheekh Jaamac. Warqad fasax in la siiyo iyo in loo diido, aniga waxaa iiga daran jactadka meesha ku qabsanaya, ee kaga imanaya dal iyo safaarad shisheeye, aan dadkaas aqoon u lahayn qadderintooda iyo waxay ummaddooda ku fadhiyaan. Anigoo welwelkaas qaba, ayaan weydiiyay balanbaalista barakaysan ee Ayaan M Cashuur: "Odayadii yaad ku og tahay, oo hawshoodii gacanta ku haya?" Iyadoo dan kale oo dhawraysa ku degdegsan, ayay igu soo tuurtay: "Yaa kale.. aan Barkhad ahayn." Markay niyaddu ii degtay, ayaan dib u raacay horta goortaan Barkhad bartay, Iyo halka uu iga yaal.

Fara-ku-tiriskii ishaydu qabatay ee 2009, Carwadii Bugaagta Hargeysa iigu horraysay aan kala kulmo, ayuu Barkhad ka mid ahaa dhallinyarteedii. Intii ka dambaysay, kulan la isugu yimaaddo oo barnaamijkaa ku saabsan, oo isaga, baabuurkiisa, kaamaraddiisa, maskaxdiisa, iyo YAASMIINTIISU aanay qayb libaax ka qaadan ma uu jirin, iyadoo ay mar walba, ogaalkay, u barbar socotay, shaqadii BBC-da iyo lurteeda, imtixaankii Jaamacadda iyo isu-diyarintiisa, arrmihii qoyska iyo xilkooda, tan bulshadiisa iyo waajibadkeeda, tuu naftiisa iyo xakamaynteeda kula jiro oo kuwa aan soo wada sheegay dhammaantood ka culus.

Lama-illaawaan: habeenkii u dambeeyay ee Carwadii 2012 ee Bandhigga Bugaagta la soo gebagebeeyay, ayaa subaxii na loo sheegay inay Cawabadan Yaasmiin wiil curad ah ummushay. Ma qoftii xalay fiidkii Carwada naga la shaqaynaysay! Macdanta bani'aadmigu ka samaysan yahay, ruux qiyaasi karaa ma jiro. Subxaanaka Rabbi-al-Caalamiiin. Saaxiibbadii, Soomaali iyo ajnebiba lahayd ee dibedda laga marti qaaday, ee inta hawshu socotay la kulmay Barkhad iyo Yaasmiin ee u bogay hawshay hayaan, ayaa fursaddii u horrysay ee sagootiska lagu wada kulmo, aan u sheegay in labadu ay lammaane is qaba yihiin. Kolkaas, ayaa hambalyo iyo salaan diirran lagu boobay. Abaalmarintaas si aanan uga qadin, ayaan hadlakaygii ku darsaday: "Aniguna saaxiibkooda ugu da'
128

weyn iyo waalidkooda labaad ayaan ahay!" Barkhadow, hambalyo kal iyo laab ah, gacaltooyo sal-ma-guurta ah, iyo nabad iyo naruuro qoys ahaan ku waara.

QAYBTA SADDEXAAD

Maanka bani'aadmiga la ma soo taaban karo salkiisa. Muggiisa lama qiyaasi karo. Wax walba inuuu ka faalloodo ayuu isku dayaa. Cucubka wuu ku curyaamaa, cabsida iyo abhinta wuu ku naafoobaa, is-dhiibidda wuu ku hagaasaa. Marna se ma joojiyo baadigoobka uu u heellan yahay. Safar iyo sahan joogtaysan ayuu ku jiraa. Soohdin baacin kartaa ma jirto.

TIRAAB-CURINTA TOOLMOON:
(Sheekada Gaaban)
2015

Af Soomaali sax ah oo qoristiisa la laasimo, hodannimo af oo si weyn loo hanto, hab iyo hannaan toosan oo had walba la adeegsado, niyad iyo rabitaan aan marna la loodin karin oo la la yimaaddo, culimo hab-qoraalkaas ku xeeldheer, kuna caan baxay oo halabuurkooda la aqristo oo casharro waxku-ool ah laga la baxo, farakuhayn had walba la caadaysto ayaa sal iyo saas adag u noqon kara sheeko-curinta.

Intaasi waa dhowr tilmaamood oo ka mid ah kuwa ugu muhimsan marka tiraab-curinta la rabo in hawsheeda dhab loo galo. Marna ma aha arrin fudud sidii dhowrkan qodob looga soo dhalaali lahaa. Dedaal iyo waqti dheer waa mid u baahan. Mar hadday sidaas tahay, waxaan door bidnay in qoraalkan gaaban aan ilayska saarno dhawr mas'alo oo dhabbada loo marayo hawshan culus i nagu haga, lurteedana i noo fududeeya. Adeegsiga afka iyo qoristiisa saxa ah, in kastoo qaybaha kale ee tababbarkan si faahfaahsan u gudagelayaan qorista saxa ah ee af Soomaaliga, misna waxaan u aragnaa in qormadan kooban fiiro gaar ah loo yeesho.

Afku guud ahaan wuxuu nolosha dadka ka qaataa kaalin aan qiimaynteeda iyo qadderinteeda si fudud loosoo koobi karin. Hawl kastoo dadku ku dhaqaaqo mid muruq iyo mid maskaxeedba si toos ah ayay afka ula xiriirtaa. Wada-hadalka, war-tebinta, ra'yi-kordhinta, doodwadaagga, cilmi iyo aqoon-gudbinta, ay ka dhalato kor-u-qaadidda wacyiga iyo awoodda maskaxeed ka sokow, waxaa u dheer in afku yahay dhaqan-sidaha ummadda. Waa kaydiyaha taariikhdeeda ee si sax ah looga daalacan karo heerka ilbaxnimadeedu had walba ku sugan tahay.Culimada afafka adduunka u kala dirsoocda asal ahaan halkay ka soo jeedaan, waxay af Soomaaliga ku tilmaamaan inuuu ka tirsan yahay bahda la yiraahdo KUSHITIGA ee aynu la wadaagno dhawr qowmiyadood oo geeska Afrika iyo Waqooyigeeda dega sida Oramada, Qotida, Cafarta, Nuubada, Saaho ikk.

Af Soomaaligu waa af guun ah. Kumanyaal sannuu soo jirey. Muddadaas dheer waxaa dadka Somaliyeed soo maray dagaallo fara badan, kuwo waqtiyo gaagaaban socdey iyo kuwo xilli dheer qaatay, kuwo dadka Soomaaliyeed dhex marayey iyo kuwo iyaga iyo shisheeye ay isku haleeleen. Waxay kaloo dadka Soomaaliyeed la kulmeen abaaro aad u xun iyo aafooyin cudurro khatar ahi ka mid ahaayeen. Waxaa soo raaca guur-guurka iyo hayaanka dheer ee hab-nololeedka xoolo-dhaqatada ummaddeenu u badnayd caanka ku ahaayeen. Ku dar saamaynta afafka qalaad, dhaqammada shisheeye iyo xataa diimaha dadkeena muddadaas ku wada furnaa. Sidaas darteed waxaa la oran karaa jiritaanka af Soomaaligu jiro iyo heerka uu maanta soo gaarey iyo siduu uga soo doogey aafooyinkuu kala kulmay geeddigaas taariikheed ee dheer, waxay si muran-ma-doonto ah u sheegayaan inuuu af Soomaaligu tiirar adag oo xididdo durugsan ku dhisan yahay.

Af Soomaaligu waa af hodan ah. Gaar ahaan dhinaca suugaanta waxaa lagu tilmaamaa af aad ugu ballaaran. Soomaalida ka sokow aqoonyahanno shisheeye ah oo ku xeel dheer danaynta, isku-tacalujinta, u-kuurgalka, iyo lafagurka af Soomaaliga iyo dhaqankiisa ayaa

134

dhammaantood arrintaa isla wada qirsan. Xeeldheerayaashaasi rumaynta go'aankoodaas waxay mar walba u maragsadaan maansooyin abwaanno Soomaaliyeed, dareeriyeen laga soo bilaabo qarnigii 19-aad horrantiisii ilaa iyo maantadan aynu joogno. Maansooyinkaas ay ka muuqato sida caqiibada leh ee abwaannadaasi arrimo badan, kala duwan, murugsan oo nolosha la xiriira u guda galeen una soo bandhigeen iyadoon marna is-raac-wanaagga murtida iyo miro-xulashadooda wax durriin ah lagu sheegi karin. Sidaas ay tahay ayaa misna marka laysku dayo in af Soomaaliga ereyadiisa oo dhan lasoo tiro koobo loogu tegayaa inay aad u yar yihiin haddii afaf kaloo badan la barbar dhigo. Meeday kolkaas hodannimadii afka lagu sheegaayey? Ma cidla-ka-faan bay iska ahayd? Maya, ee bal qabsoo waa mid ee afka hodannimadiisa meelo kale ayaa loogu tegayaa. Waxay ku jirtaa baaxadweynida iyo qota-dheerida ereyadiisa ku duugan. In kastoo aynu niri af Soomaaligu waa ereyo kooban yahay, haddana rog-rogga ereyga, isqabadsiinta laba erey, qodobka gadaal ama hore ka raacaya ereyga, meesha had walba ereygu weedha kaga jiro, iyo kuwo kaloo badan ayaa isla ereygii siinaya micnayaal fara badan oo si fudud loo kala garan karo. Si kale haddaan u dhigno, af Soomaaligu wuxuu hoodo u leeyahay asal ahaan iyo dhismo ahaanba waa af aad ugu nugul una laylsan nolol-awoodkiisa, tarankiisa, fudayd-curintiisa, dhidib-adaygiisa, abuur-wanaaggiisa, iskorintiisa, aqoon-qaadkiisa, adduun-higsadkiisa, isagoon marna rarkaas, ugboonayntaas iyo horumarkaas joogtada ahi wax khalkhal ah ku ridin micnahiisa, turxaan u yeelin qaab-dhismeedkiisa, labid u geysan dhawaaq-wanaaggiisa, kalana dhantaalin quruxdiisa ay u wada

135

muraaqoodaan dadkiisa ku kala nool carrada isu kala jirta Jibuuti iyo Wajeer, Bosaaso iyo Hawaas iyo inta u dhexsaysa oo idil.

U-kala-gudubka odhaahda iyo qorista
Hadalka, aqriska, iyo qoristu waa saddex jaranjaro oo kala sarreeya. Waa saddex qaybood oo waxbarasho oo laysaga gudbo. Waa saddex heer oo dhaqan oo kala durugsan, gaar ahaan intay dhinaca awoodda ku kala taggan yihiin, ee bulshadu u kala suntan tahay; Hadlaa, Aqriste iyo Qoraa. Ummad kasta aayaheeda, ilbaxnimadeeda, iyo awooddeeda waxaa laga garan karaa had walba sedka iyo saamiga ay ka kala hanato saddexdaas qaybood. Horumarkeeduna wuxuu si toos ah ugu xiran yahay isaga-gudubkooda kor u socda.
Sheekada hooyada ee carruurta lagu sabo, lagu seexiyo, lagu maaweeliyo, lagu hago oo lagu hanuuniyo iyo sheeko-xariireedka xayawaanka tilmaan looga dhigtaba, marxalad hor leh ayaa looga gudbay. Sheekadii sasab iyo maaweelin ka sokow, hawlo kale oo ka miisaan iyo qiime badan ayaa loo adeegsaday. Manaahijta waxbarashada oo lagu darsado, xirfad lagu shaqaysto oo dadka allifana loo aqoonsado inay yihiin kuwo bulshada dhexdeeda magac weyn ku leh.

Nolol astaamaheeda ugu waaweyn lagu tilmaami karo inay ahaayeen baahi, cabsi, welwel iyo walbahaar joogto ah oo dhinac walba mugdi ka hareereeyo ayuu bani'aadmigu soo jibaaxayey jeer uu hawlgal, halgan, nafhur, iyo baadidoon dheer ka dib, si isdaba-joog ah u haleelay ammuuro dhawr ah oo u suurta geliyey inuu nafleyda kale oo idil ka soocmo, kana gacan sarreeyo.

136

Laba keliya haddaan ka xusno, waxaan oran karnaa nabad uu dugsado, awood uu dareemo, iyo itaal uu isbido uga ma horrayn maalintuu qofku dabka hantay ee dhimbiishiisa belbeliyey, iyo maalintuu birta tuntay ee ugaarsiga xawayaanka kale u foof tegay.

Haseyeeshee, marka laga hadlayo qofka ilbaxnimadiisa-samaynta iyo saamaynta dadnimadiisa- waxa raadraaceeda taariikheed loogu tegayaa xilligii uu soo ifbixiyey EREYGA QORAN. Maalintaas laga bilaabo, bani'aadmigu wuxuu u gudbey taariikh hor leh oo tuu hore u soo maray si walba uga geddisan. Maalintuu Ereyga Qoran (khadarkaas) haleelay ayey runtii bilaabantay sahanka qofku ugu jiro dhammaystirka dadnimadiisa buuxda ee dhinac walba isaga dheelli tiran. Dabiicadda qallafsanaanteeda inuuu bani'aadmigu guulo caqiibo leh ka soo hooyo waxaa kun jibbaar ka adag siduu uga rayn lahaa turunturrooyinka iyo turxaamaha naftiisa iyo hawadeeda gaabani soo hor dhigayaan hayaanka loogu jiro rumaynta dadnimada sugan – nolol ku tanaadaysa inay sareedo, samo, iyo xilkasnimo xarkagoys ah dhinac walba ka soo hooyso.

Himiladaas durugsan ee lama huraanka ah waxa tallaabada ugu weyn ka geystey, ka geysanaya, kana geysan doona EREYGA QORAN.

Xarafyada maroorsan, isku mareegsan, ee ereyga qorani uu ka koobmaa ka sixir daran kun durbaan oo Baarcadde loo tumo, iyo kun dabqaad oo fooxley mingis ku shiddo. Curinta, xardhinta, iyo farsamaynta Ereyga Qorani, ka adag, ka qurxoon, maskaxdana ka soo jiidan og farshaxan kasta oo ka muuqan kara qadiifadaha lagu fara-yaraystay ee dalalka Iiraan iyo kuwa kale ee bariga fog carwooyinka caalamiga ah la shir yimaaddaan. Hawsha ereyga qoran gasha waxaa isu dugsadey gacmaha, maanka, wadnaha, iyo rabitaanka nafta.

Mabaadi'da guud

Mabaadi'ida: Mabaadi'ida qoraal-curinta toolmoon waa hilinka i nagu hagaya, fududaynayana soosaarka curin toolmoon, ha ahaato sheeko gaaban, tu dheer sida noofalka ama maqaalladaha wargeysyada iwm.

Mabaadiidaas waxaa ka tisan:

A. **Dhalad iyo dhidid**: Hibo loo dhasho oo dhaxal ah miyaa iyo mise waa waxsoosaar ku yimaadda dhidid iyo dedaal? Labadaba. Curinta qoraal toolmoon waa hibo ku duugan qof kasta. Ma jirto cid xuurto ku haysata oo looga haybadaysanayaa. Waxa se dhab ah oo waayaha laga bartay in hibada curinta qoraal toolmoon tahay boqolkii ba kow (1%), halka inta soo hadhay ee boqolkii ba sagaal iyo sagaashan (99%) ay tahay dhidid iyo dedaal. Sida dedaalka loo kala badsado ayaa curinta toolmoon guusha laga gaadhayo loogu kala horraynayaa.

B. **Weydiin:** Rukun kale oo isna lamahuraan u ah qoraal curinta toolmoon ayaa noqonaya 'weyddiinta.' Si aad u hesho xogta qof, geed, shay ama wixii ay doonto, badi weydiinta, weydii oo weydii oo weydii. Hadba inta goor ee aad weydiin keento ayay ku xidhan tahay aqoonta aad shaygaas ka korodhsanaysaa.

C. **Barbardhig**: Ma jiro ama aqoon laga ma korodhsan karo wax aan lahayn halbeeg lagu cabbiro. *"Waa qaali malabkuye, qiimaha la siistiyo, inta xiiso loo qabo, idinkuba qiyaasoo, haddii aan qallooc jirin, miyaa qiri lahaydeen?"* – *Xasan Sh. Muumin.* Macaanka malabku ama macaanba wuxuu qiimo ku leeyahay oo loogu qirayaa macaankaas

138

jiritaanka qadhaadhka. Qadhaadh la'aantii macaan ma jiri karo. Ku dhegganow isbarbardhigga si aqoonta qofka, walaxda ama wixii aad qoraal curin toolmoon ka samaynaysaa u noqoto mid mug leh.

D. **Akhriska**: Badso akhriska si ogaalkaagu u ballaadho oo ugu baahdo in ka fidsan, aad uga durugsan aagagga araggaaga iyo maqalkaagu dhugan karaan. Weliba ku dedaal in aad wax ku akhrido af ama afaf kale oo aan kaagii hooyo ahayn. Garashada af qalaad kuu ma soo kordhinayo aqoontii ummadda afkaas ku hadasha oo keli ah ee waxa uu kuu keenayaa aqoomo kale oo laga soo dheegtay dhaqammo kale. Aqoon badan oo aan afka Soomaaligu cawo u yeelan in loo soo raro ayaa afafkaas kale laga korodhsan karaa.

E. **Abtirsiin**: Curin kastaa waxay ku aroortaa abtirsiimo soojireen ah, foodhida afka laga yeedhsho ayaa dhuun geed laga soo jaray loo qoray oo cod hallaasi ah samaysay, isu beddeshay saksafoon godad badan leh iyo waxyaabo kale oo maanta la adeegsado.

Sheeka-curinta: Tiirarka ugu muhiimsan

1. Dulucda – danta, qasdiga, ujeeddada laga rabo inay maskaxda aqristayaasha degto oo ku hadho.
2. Dhiska Sheekada – hannaanka iyo habraaca loo gudagelayo sheeka-curinta aad ayay u badan yihiin, wayna kala duwan yihiin; mar haddiiba curin laga hadlayo, hab isku sar go'an yaan marna meesha laga filan. Waxaa se jira oo la miciinsan karaa astaamo ka wada dhexayn kara. Kuwaas haddaan isku dayno inaan soo ururinno:

139

(a) Bilowga Sheekada Gaaban:
Waa qaybta furitaanka sheekada. Sidaas awgeed, soojiidasho iyo xiisagelin aqristaha loogu talo galay waa inay ka muuqataa.

(b) Qaybta Dhexe:
Waa tan ugu muhiimsan; waana tan ku saabsan daaddihinta dhacdooyinka sheekadu ka kooban tahay. Waana isla ta ay ka wada muuqdaan shakhsiyaadka sheekadu ku socoto.

(c) Dhammaadka – Gebagebada:
Qaybtan waxaa lagu tuuntuunsadaa si ay ujeeddada sheekada looga gol leeyahay ay maskaxda aqristayaasha baaqi ku noqoto. Qaybtani waa mid la timaadda tabo iyo xeelado aad u kala duwan, sida sheeko qorayaasha laftoodu u kala duwan yihiin. Badanaa waa mid aad u urursan, cajabna ku reebta aqristayaasha maankooda.

Sheekooyin Gaagaaban oo tusaale iyo laylis loo adeegsan karo:

DALMAR
(Sheeko Gaaban)
1980

Tuulada Nagaad-suga, meel gabaahiir ah ayey ku taal.
Aqalladeedu waa carshaan is dugsanaya. Si aad isugu
dhow ayey isugu xoonsan yihiin. Meeshay ku taal iyo
qaabkay tuuladu u dhisan tahay innaba ma muujinayaan
in dadku goobtaas qorshe ku degeen. Waxaad mooddaa
inay yihiin dad duruuftu xilli adag meesha ku kulmisay.
Sidii u caadada ahayd, caawa waqti hore ayaa tuulada
laga seexday. Socod iyo sanqar baxaa, haba yaraatee, ma
jiraan. Cirku wuu qaawan yahay. Xiddiguhu intoodii way
ka dhalaal weyn yihiin. Dalmar casarkii ayuu tuulada soo
galay. Qolka la dejiyey waxaa ku weheliyey nin kale oo
isna socoto ah. Maqaadiir ayaa labadooda isu keentay.
Meelo kala durugsan ayey ka kala yimaaddeen. Arrimo
kala duwan ayaa maskaxdooda ka guuxayey. Dacdarrada
ka muuqata way ka siman yihiin. Wax waraysi ah ma ay
wada yeelan. Midkoodba tiisa ku habsatey ayuu
waaberiga la dhowrayey. Markii waagii dildillaacay ayey
qolkii ka soo wada baxeen, iyadood wejigooda ka garan
kartid in aanay habeenkii xalay ahaa laba indhood isu
keenin.
Tan iyo saaka siday tuulada uga soo jarmaadeen, wax
dhaqaaqil ah, dad iyo xoolo toona, la ma ay kulmin. Ban
bacaad iskusiideys ah ayey ka dhammaan waayeen. Daal,
harraad iyo gaajo isagoo bestiis ah ayaa Dalmar guux-
badeed u baxay. Run iyo been kay tahay wuu kala garan
waayey. Tii naftiisu jeclaysanaysey ayuu laabta u badiyey.
Markaas ayaa ninkii ildarraa ay nolol cusubi ku dhalaytay
oo uu dardar hor leh iyo laba-lugoodin bilaabay.

141

Saxiibkiisii daba hablaynayey maskaxdiisuu ka baxay. Dhawr saacadood ayuu sidaas ku wadey isagoo isla maqan.

Cirkii baa daruuri isa soo buuxisay oo qorraxda fallaaraheedii gadaal u celisay. Dhulkii baa midab dugul ah hullaabtay. Dabayl dhaxan qabow xanbaarsan ayaa dhinaca bari kaga soo butaacday. Harraadka hayey iyo baahida lafaha ka cuskatay ayaa u sii kaday qar-qaryada sida ba'an u haleeshay. Guuxii badda ayaa markii ugu horreysay dhegihiisa qummaati ugu baxay. Gudcur isa soo taraya ayaa jewigii ku habsadey, iyadoon weli qorrax-dhac la gaarin. Cagajiid ayuu xeebtii ku soo gaarey. Dhulka isku siman taagsin ka joog dheer ayuu salka dhigtay, lugaha soo laabtay, gacmahana dul saaray. Badda mawjaddeeda iyo cirka cimiladiisa ayaa reen iyo gurxan isugu jiibiyey aad mooddid inay ku diganayaan xaaladda uu Dalmar ku sugan yahay. Cirka korkiisa is dhaanshey ayaa sidii calool dooxantay mar qura ku soo furmay. Hoglo roob ah, hillaac walac leh iyo onkod qararaclaynaaya ayaa ku wada kulmay intu rakada fadhiyey. Calool maran, maskax welwelsan iyo saaxiib lagu tilmaami karo qallad qoolka loo suray ayaa u weheliyey gadoodka cirka ka aloosmay. Sida la fili karo, ma qarqarin, ma kogin, sida saaxiibkiis bohol yar isku ma xabaalin isagoo ilkaha isla dhacaya, ee intuu u bogay, u riyaaqay, u muraaqooday baaxadda ay dabiicaddu leedahay, ayuu ku dhex libdhay hugunkeeda aan kala go'a lahayn. Isaguba miyaanu dabiicadda ka mid ahayn.

142

AWOODDA EREYGA QORAN

"Dunidan jaqaafisay iyo ilbaxnimadan xarka-goyska ah ay maalin walba ku sii fogaanayso, ruuxii Ereyga Qoran hanta keliya ayaa runtii la qabsan kara oo inuuun la jaan qaadi kara gedgeddoonkeeda iyo cajaa'ibka ay waagii beryaba la waabariisanayso. Inta kaloo idil geed kastoo ay ku xoqxoqdaanba, cagtay marinaysaa. Abuurteeda ayaa sidaas ah. Sharcigeeda ayaa sidaas u yaal." Heerka cilmiga, aqoonta, teknoolojiyadda iyo ilbaxnimada la gaarey ee adduunka qaarkiis maanta ku siman yahay waa mid dadka badankiisa ku riday dhakafaar iyo dhabanahays. Heerkaasi xad-dhaafka ah ee loo jeedo bani'aadmigu taariikh malaayiin sanno lagu qiyaaso ayuu u soo maray. Gedgeddoonkaasi marna ma ahayn mid toosan oo sahal ah. Wuxuu ahaa mid qalqallooc badan oo bani'aadmigu taxanihiisa kala kulmay hoog iyo halaag, silic iyo saxariir aan la soo koobi karayn.

Nolol astaamaheeda ugu waaweyn lagu tilmaami karo inay ahaayeen baahi, cabsi, welwel iyo walbahaar joogta ah oo dhinac walba mugdi ka hareereeyo ayuu bani'aadmigu soo jibaaxayey jeer uu hawlgal, halgan, nafhur, iyo baadidoon dheer ka dib, si isdabajoog ah u haleelay ammuuro dhawr ah oo u suurto geliyey inuuu nafleyda kale oo idil ka soocmo, kana gacan sarreeyo. Laba keliya haddaan ka xusno, waxaan oran karnaa nabad uu dugsado, awood uu dareemo, iyo itaal uu is bido, uga ma horrayn maalintuu qofku dabka hantay ee dhimbiishiisa belbeliyey iyo maalintuu birta tuntay ee ugaarsiga xawayaanka kale u foof tegay. Hase yeeshee, marka laga hadlayo qofka ilbaxnimadiisa; samaynta iyo saamaynta dadnimadiisa, waxa raadraaceeda taariikheed

143

loogu tegayaa xilligii uu soo ifbixiyey EREYGA QORAN. Maalintaas laga bilaabo, bani'aadmigu wuxuu u gudbey taariikh hor leh oo tuu hore u soo maray si walba uga geddisan. Maalintuu Ereyga Qoran (khadarkaas) haleelay ayey runtii bilaabantay sahanka qofku ugu jiro dhammaystirka dadnimadiisa buuxda ee dhinac walba isaga dheelli tiran. Dabiicadda qallafsanaanteeda inuuu bani'aadmigu guulo caqiibo leh ka soo hooyo waxaa kunjibbaar ka adag siduu uga rayn lahaa turunturrooyinka iyo turxaamaha naftiisa iyo hawadeeda gaabani soo hor dhigayaan hayaanka loogu jiro rumaynta dadnimada sugan – nolol ku tanaadaysa inay sareedo, samo, iyo xilkasnimo xarkagoys ah dhinac walba ka soo hooyso.

Himiladaas durugsan ee lamahuraanka ah waxa tallaabada ugu weyn ka geystey, ka geysanaya, kana geysan doona EREYGA QORAN. Xarafyada maroorsan, isku mareegsan, ee eryga qorani uu ka koobmaa ka sixir daran kun durbaan oo Baarcadde loo tumo, iyo kun dabqaad oo fooxley mingis ku shiddo.

Curinta, xardhinta, iyo farsamaynta Ereyga Qorani ka adag, ka qurxoon, maskaxdana kasoo jiidan og farshaxan kastoo ka muuqan kara qadiifadaha lagu fara yaraystay ee dalalka Iiraan iyo kuwa kale ee bariga fog carwooyinka caalamiga ahi la shir yimaaddaan. Hawsha ereyga qoran gasha waxaa isu dugsadey gacmaha, maanka, wadnaha, iyo rabitaanka nafta.

Garashada bani'aadmigu wax garto, shan marin ayey u soo maraan maskaxdiisa. Waa aragga, maqalka, urta, dhadhanka, iyo dareenka jirka. Shantaas ilood weeye kuwa dhalashadeenna ilaa dhimashadeenna maskaxdeenna ku waraabiya aqoonta ay u oomman

144

tahay. Si gaar ah marka aqoonkorodhsiga laga hadlayo saamiga weyn waxa la siiyaa kaalinta ay dareenka aragga iyo kan maqalku ka qaataan. Qalabka warfaafinta ee maanta jira haddaan tilmaan usoo qaadanno, saddex ayaa loogu isticmaal badan yahay; raadiyaha, telifiishanka, iyo wargeyska. Raadiyuhu maqalka keliya ayuu toos u abbaaraa. Wuxuu hayuu ku shubaa oo ay maskaxduna toos u maashaa. Telifiishankuna aragga iyo maqalka ayuu isku mar soo wada jiitaa. Sidaas darteed, raadiyaha wuu ka awood fidsan yahay, maskaxdana wuu uga saamayn ballaaran yahay. Wargeysku se ereyga qoran ayuu gacanta kuu geshaa.

Sidee bay saamayntooda maskaxeed u kala duwan tahay? Midkee baa ugu saamayn culus? Midkee baa aqoonkorodhsiga iyo kobcinta kasmada qofka kaalinta ugu weyn ka qaata?

Raadiyaha: barnaamij kasta oo qiime weyn iyo xiise badan leh, mar hadduu dhammaado, waa ku daayey oo ku kale ayaa loo gudbaa. Sidaas ayey isaga daba dhacaan. Telifiishankuna waa sidoo kale. Labaduba intaad dhegaysanaysid ama daawanaysid ayey maskaxdaada si buuxda u soo jiidan karaan oo uga shaqaysiin karaan. Wixii lagaga daba tagaa waa xusuus iyo malo ilduufi karta sida waqtigu usii durko.

Wargeyska (ereyga qoran): gacantuu kuugu jiraa. Waad ka bogataa, ku noqnoqotaa, erey walba isku taagtaa, weedh walba ka fiirsataa, war iyo wixii kaluu xambaarsan yahay ka dooddaa, kala dhigdhigtaa, danta laga leeyahay qumaati u kala qeexdaa, bareeradaada ka geysataa oo mawqif cad iska taagtaa. Haddaad xilligaas diyaar u ahayna, meel iska dhigtaa oo mar kale kusoo laabataa. Buugguna waa sidoo kale.

Shakespeare

Qoraagii Ingriiska ee caanka ahaa wuxuu riwaayadihiisa qoray qarnigii 16-aad. Waa afar boqol oo sanno ka hor. Misna tan iyo maantadan aynu joogno waxaa riwaayadihiisa lagu soo bandhigaa raadiyaha, masraxa, iyo shinimooyinka qiimiga ay leeyihiin awgood. Waxaa se laysku raacsan yahay inaan masraxa, filimka, iyo raadiyaha toona soo cagacagayn karayn kaalinta buugaggiisu gudan karaan. Runtii filimka, masraxa iyo raadiyuhuba waxay ka shidaal qaataan ereyga qoran ee buugga ku duugan. Dhinaca tacliinta, falanqaynta, doodda, iyo lafa-gurka kolka loo leexdo, waa buugga kan loo noqdaa.

Ummad adduunka ku nool, farteedu qoran tahay, qarannimadeedu dhidibbo aasatay, oo riwaayadaha Shakespeare afkeeda ku tarjuman, dugsiyadeeda laga dhigin, wargeysyadeeda lagaga faalloon, masraxyadeeda lagu soo bandhigin, maanta ma ay jirto. Intaas ayaa tilmaan i noogu filan qotadheerida micnaha, murtida iyo farshaxan-wanaagga fanka ay riwaayadaha abwaankaasi shan qarni ka hor halabuurkooda ku fara yaraystay xambaarsan yihiin. Saamaynta intaas baaxad le'eg ee xuduud baacin kartaa aanay jirin ayaa ereyga qorani awood iyo mudnaan ku sheeganayaa. Ereyga qoran ee hadalkaygu u dhacayaa marna ma aha mid kastoo xaanshadaha lagu madmadoobeeyo, oo aqriskiisa indhuhu kugu madoobaadaan, maskaxdu kugu daasho, maankuna jahawareer iyo mugdi ka sii qaado; ee waa kan wax-ku-oolka ah ee indhaha nuuriya, maskaxda iftiimiya,

146

laabta doojiya, danta ku jirtana dadku fac ka fac isaga wada marag kacaan libinta ku jirta iyo liibaanteeda. Aqoon-kordhinta ka sokow, Ereyga Qorani nolosha qofka waxtarka ugu weyn wuxuu ka qaataa dhinaca baraarujinta, barbaarinta iyo laylinta maskaxdiisa, kor-u-qaadidda wacyiga iyo kasmadiisa, hufidda iyo hagaajinta akhlaaqdiisa, suubbinta dabciga iyo dastuutiisa, ballaarinta aragti-adduuneedkiisa, soofaynta dareenkiisa fannaannimo, aqoon-jaclaysiinta naftiisa, nuglaynta, nabad-iyo-naxariis-ku-beeridda laabtiisa iyo lubbigiisa.

Marka laga yimaaddo buugagga laga qoray cilmiga taariikhda, xisaabta, sayniska, dhaqaalaha, bulshada, falsafadda, iwm oo qiimiga ay u leeyihiin baniaadmiga iyo horumarkiisa la wada garan karo ee laysku ekaysiiyo keliya qoraallada ku saabsan suugaanta dhinaceeda tiraabta, gaar ahaan qisada dheer (novel), ma dhici karto inaad adigoo ka soo jeestey aqris qisad uu leeyahay mid ka mid ah abwaannada tiraab-curinta ku caan baxay sida Charles Dickens, Ernest Hemingway, Victor Hugo, Lev Tolstoy, Naguib Mahfoud, Chinuua Achebe, Garcia Marquis, Jorge Amado iyo kumanyaal kale aad dareemi weydid in bani'aadminimadaadii wax weyni ku soo kordheen oo intaadii hore inaad ka weynaatay oo ka wacnaatay ka qiimi iyo qadder fiicnaatay.

Iyadoo ay sidaas tahay ayaa misna tijaabo shakhsi ah u leeyahay sida mutacallimiinta soomaaliyeed ee farta lagu fiiqo inay jaamacado waaweyn ka soo qalin jebiyeen intooda badani weli ka maagto aqriska buugta mac, nooc kasta ha ahaatee. Waxaa muuqata in xiisahooda iyo danayntoodu weli ku kooban tahay warsidaha iyo wargeys-moodaha (tabloids and fashion magazines) rogroggooda. Weli waxa gondaha sii haysta sida maraboobta, dhaqankii hadlaaga.

Dhallaanka soomaaliyeed iyo facaadda soo koraysa kuma filna in lagu canqariyo oo maskaxdooda ugub lagu barbaarsho 'Sheekooy sheeko, shillin baa dhuustay…' iyo dhaqanka hadlaaga oo keligi mutuxan. Ereyga qoran iyo sawirro farshaxan badan ayey carruurtu casrigan u baahan tahay mar hadday gosha hooyadood soo dhaafaan.

"Dunidan jaqaafisay iyo ilbaxnimadan xarka-goyska ah ay maalin walba ku sii fogaanayso, ruuxii Ereyga Qoran hanta keliya ayaa runtii la qabsan kara oo inuuun la jaanqaadi kara gedgeddoonkeeda iyo cajaa'ibka ay waagii beryaba la waabariisanayso. Inta kaloo idil geed kastoo ay ku xoqxoqdaanba cagtay marinaysaa. Abuurteeda ayaa sidaas ah. Sharcigeeda ayaa sidaas u yaal. Shuruuddeeduna ka sii daran ee marba marka ka dambeeya ayey sii adkaanayaan ee xaqiiqadaas had walba maanka ha lagu hayo oo Ereyga Qoran yaan la moogaan si aan loo baadiyoobin oo 'BUUGGA QURUUMAHA JIRA' looga tirmin."

YOOL

Maanka bani'aadmiga la ma soo taaban karo salkiisa. Muggiisa lama qiyaasi karo. Wax walba inuuu ka faalloodo ayuu isku dayaa. Cucubka wuu ku curyaamaa, cabsida iyo abhinta wuu ku naafoobaa, is-dhiibidda wuu ku hagaasaa, marna se ma joojiyo baadigoobka uu u heellan yahay. Safar iyo sahan joogtaysan ayuu ku jiraa. Soohdin baacin kartaa ma jirto. Kumanyaal sanno oo la soo dhaafay ayuu run ka jirtey baaraa oo ka niib keenaa habkii, qalabkii iyo waayihii xilligaas fog lagu noolaan jirey. Kumanyaal sanno oo soo socda ayuu sii oddorosaa dhacdooyinka iman doonaa yaabka iyo cajaaibka ay leeyihiin. Falagga korkeenna meeraya ayuu fiiriyaa, faaqidaa intuu ka kooban yahay, tiradooda, kalafogaantooda, weynaantoodaa, cimiladooda kala duwan oo fallaaro xiimaya ku sahmiyaa intaan loo guurin. Dhulka hoosteenna goglan ayuu qaradiiso weyn hoos u quusaa oo uur-ku-jirkiisa daalcadaa una kala soocaa siigo, ciid, dhoobo, dhadhaab, biyo, gaas, batrool, bir, baaruud, dahab, dheemman iyo malyuun shay oo weli isku moordhaysan. Dhallinyaro saaxiibbo ah, isku fac ah, magaalo wada deggan ayaannu nahay. Waxaannu caado ka dhigannay maalin walba fiidkii in layska caweeyo intaan la kala hurdo tegin. Maalin maalmahaas ka mid ah ayaa haasaawahani na dhex maray.

Aniga: Siyaasad wareertay, iyo isboorti kubadda cagta u badan, iyo heeso aan xiise lahayn ayeynnu beryahan ka bixi weynee, bal aan maanta baab kale abbaarno.

Gurxan: Saddexdaas haddii laga tago, anigu wax kaloo micne leh garan maayo, ee ma qabyaalad iyo qashinkeedaynu galnaa?

149

Cunaaye: Arrimaha adduunka ee laga hadli karaa iyagoo waasacsan, maxaad aadigu qabyaaladda ula doonataa, siday dunidu soo oodantay oo kale.

Gurxan: Saaxiib, laguu ma diran inaad aniga faallo iga bixisid oo taas waa laguu dhaamaa, ee ra'yi keen.

Haybe: Anigu mid aynaan hore marna u gelin ma soo jeediyaa aynu caweeyska caawa isku dhaafinno?

Cunaaye: Haaye, soo daa. Waa laguu jeeday inaad cabbaaradaba madaxa tuujinaysey, yey se noqon mid sida qunbuladda nagu qaraxda!

Haybe: Anigu waxaan oran lahaa aan fiidkan caawa ah falsafadda ka hadalno oo jawaab ka bixinno inta ifka lagu uumman yahay wax la guto waxa ugu qiimi wacan.

Gurxan: Taasi ma iyadaa isweydiin u baahan, waaba sahal ee, dee waa Ilaahay oo si hagaagsan loo caabudo.

Haybe: Taasi waa waajib Eebbaheen i nagu wada leeyahay; een waxaan uga jeedaa xil uu qofku isagu is faro.

Cunaaye: Aniga waxaa igu soo dhacaya mid oday Hindi ah laga weriyey oo sheegaysa in qofku xilkii ifka kala gudboonaa uu ka soo baxay hadduu saddex guto intuu nool yahay. Waa marka horee inuu guri dhiso; waa marka xigtee inuu geed beero; waa marka saddexaad ee inuu buug qoro.

Gurxan: Xaggaad noo la kacday, bal hadal-tiradaas iyo hantaatacaa daya! Halkii wax kale looga fadhiyey oo falsafad ku saabsan, ayuu Hindi Faqiir ra'yigiisa gaasiran badka la yimid. Caweeskiin badhaadhye, ma iska kala casha tagnaa, intaan saaxiibkeen Cunaaye oday kale Farmoosa iyo Filibbiin ka keenin.

Mar aan weynaadey, gar-madoobe noqday, adduunka soo yara marmaray, waxna aqristay ayaan ogaadey qaayaha ku jira: "In bani'aadmigu tarmo, is taakuleeyo, masiibooyinka meel dugsoon kaga nabad galo, barwaaqo-tacab ku fooganaado, tijaabooyinka isu gudbiyo oo ilbaxnimadaas facaadda dambe la dhaxalsiiyo."

Kolkaas ayaan xusuus ula noqday caweeskayagii dhallinyaro, labaatan sanno ka hor, iyo sidii Hindi Faqiirkii aannu xigmaddiisa dhayalsanayney uu saddex erey keliya kusoo ururiyey arrinta aniga beryahan dambe ii baxday aan sida weyn u amminsanahay:

GURI la dhiso – (taran iyo nabad)
GEED la beero – (waxsoo-saarkoo la badiyo)
BUUG la qoro – (aqoontoo la gudbiyo)
Maxaa wax badan aynnu ku qosollo, yasno, dhalliillo, oo sahal ku dhaafno murti ballaaran xanbaarsan aynnu qadoodi kaga jirnaa oo ka qatan nahay.

BADDA, DHULKA & QOFKA

Dunida aynu ku nool nahay dhererkeeda, dhumucdeeda, iyo qaradeeda marka la fiiriyo, kawnka ku weegaaran waxaa lagu qiyaasaa inay kaga aaddo irbad caaradeed wax ka sii yar. Taariikhdu waxay caddaysay dunideennan aynu u jeednaa siday maanta u taal, dadkeeda, duunyadeeda, degaankeeda, iyo cimiladeeda kala nooca ahi mar qura inaanay ku iman. Kumanyaal malyuun oo sanno ayey ku qaadatay say ku soo gaarto xaaladda ay eegga ku siman tahay. Qoyanta badda iyo qallaylka dhulka ayaa ugu weyn inta ugu hor abuurmay. Dhaxan samhariira ka qabow ayaa bilawgii labadooda kor saarnaa. Gudcur dam-daguuganina sida bustaha ayuu ugu hullaabnaa. Midiba meesheeday yuururtay, ku yoongaysnayd girifgirifna awoodi karayn jeer fallaaro xiimaya oo dab xanbaarsani qorraxda kaga yimaaddeen oo tartiib tartiib uga xayuubiyeen cullaabtii dusha ka fuushay. Wahabkii ayaa kolkaas ka duulay. Indhihii ayaa u dillaacay, agagaarkooda ayey fiiriyeen. Mid waliba baaxaddeeda ayey markii ugu horreysay aragtay, isu bogtay, ismahadisay oo isla baxday. Labadoodii ayaa isu muuqday, isu bo'ay oo isku baxsaday. Midiba tan kale inay dunida ka tirtirto ayey goosatay. Dagaal iyo loollan joogtaysan aan kala go' lahayn, damayn, hakanayn, daalayn, nasanayn, wahsanayn, mar kasta dardar hor leh soo curinaya ayaa ka dhex aloosmay.

Badda

Hugunka iyo guuxa habeen iyo maalin loogu tegayo badda xeebaheeda, si kastoo dhawaaqaasi argaggaxa lihi

153

bartuu ka soo yeerayo laysku khilaafayo, misna la dhaafin waa in lagu fasiro:

Cartan iyo colaad,

Faan iyo baan,

Car iyo wir,

Iyo cayaar wigloo

Caynkaas u taal.

Biyaha badweynta dhibcahoodu fallaaraha qorraxda ee saynta fardaha ka miiqan ayey sallaan ka dhigtaan, salooshaan, kor u raacaan, samada u baxaan, is qaybiyaan, afarta beenji jaho kala aadaan, cirka sare isku shareeraan. Kor-u-baxoodaasi hab iyo xeelad ayuu laasimaa. Heerar kala duwan ayuu maraa. Intay cir-baxa ku jiraan, si aan loo garan oo dhulku u dhaadin hadba muuqaal iyo midabbo kala kaan ah ayay huwadaan iyagoo daruuraynaya. Cudbi la kala filqiyey sidiisii ayey hawada hoose u eg yihiin. Kor markay u kacaan, xaydh bay shabbahaan aan midabkeeda dhayda laga garan. Sida shabaagta ayey is dareeriyaan, is daadiyaan is kala waraan. Way sii maaxaan, jiitaan, jiciirtaan, cirka sare ku sii libdhaan, codcod fariistay caynkii, teelteel u kala tagaan. Midab sagal ah ayaa dhay caddaantoodii ku dhafma. Marxalad hor leh ayey u gudbaan. Way isu sanqadaan, isu soo dhowaadaan, feeraha isku qabtaan, foocsamaan. Buuro sal ballaaran cirka ka dhistaan, midab doorsoomaan oo madow dugul ah isu rogaan. Iftiinka qorraxda ayey gadaal u diraan, dhulka ka celiyaan oo diirrimaadkeeda u diidaan. Guux iyo gunuunuc bilaabaan, hillaac iyo onkod isku daraan. Si wacdaraha ay soo wadaan dhulku ka yaabo mararka qaarkoodna danabyo soo diraan. Ka dibna dhulka dusha kaga yimaaddaan iyagoo mahiigaan ah. Badweyntu baaqaas

154

ayey haleeshaa, garata oo u guuxdaa, dhinaceeda iska diyaarisaa, giir iska kicisaa gadooddaa, coof yeelataa cartantaa, xumbaysaa xamaakiir dhigtaa, xawaaraysaa oo xeebta isku qaaddaa, itaalkeeda ku sii daysaa say dhulka dib u riixdo oo meel durugsan kaga soo harto.

Dhulka

Qotomahaas qardan, maroorahaas malaasan, jaliiladdaa gaamurtey, qaraweyntaas qallafsan quwadda ka muuqata dhagax, bir, geed, ciid iyo kumanyaal shay aan la magac dhebin ayaa isku milmay oo isku maloongaysmay. Dhulku sida la moodi karo ama la malaysanayo baarqabbaynta baddu cabsi iyo fajiciso ku ma riddo. Siniin iyo miniin ayuu u tog hayey fawfawdan iyo weerarkan ay baddu la tanaadayso, mar ay kor iska soo shubto, iyo kol ay hoos ka soo doobisaba. Wuu ka sii tabaabushaystay. Isaguba maan-la'aan meel u ma fadhiyo. Qorshe iyo xisaab u dejisan ayuu qabaa, dayac iyo deggani inaan cidla' lagaga helin wuu ka sii gaashaantay. Qorraxda kulkeeda ayuu uurka u ritay, ku sii shiday, ku karkariyey ilaa ay dhamacda naareed u ekaatay suu xilligan oo kale hirtaanyada cirka ka soo yeerta ugaga hor tago. Burkaammo qawdhamaya oo carrabkooda guduudan ee maddanaha ka guduudani, cirka soo leefayaan ayaa kor isu gana iyagoo hugunka cirka kaga yimi ugu jawaabaya:

Waa beene,

Waa barafe,

Waad barane.

Dhulku wuxuu kaloo fallaaraha qorraxda u kala qaybiyaa carrada saxaaraha lama-degaanka ah. Kulka goobahaas cuskadaa wuu soolaa, qallajiyaa, engejiyaa, bacaad budo

155

ah ka dhigaa, oon iyo omos nafleydu ka haayirto ku beeraa. Biyaha cirka kaga soo dooxma ayey afka u dhigtaan oo ka dig siiyaan sidii xaabada jaxiima loogu talo galay. Daqiiqado ka dib aan loo malayn in shuux yari weligood ku da'ay.

Roobka soo hooray, qaybo ka mid ah, waxa dhulku ku ururiyaa badyarta, balliyada, haraha oo cidla ciirsila' ku go'doomiyaa: "Bal halkaan dhigay day!" isagoo badda ugu faanaya. In kaleetona, marin fasax - wadiiqooyin yaryar – ayuu u jeexaa say ugu shubmaan baddii ay awelba kaga yimaaddeen iyagoo haybad jabay, kana sanqar yar intoodii oo saqiiray sida durdurrada iyo bahdooda.

Badweynta haw-hawda badan iyo mawjadaheeda cartamaya iyaga ciidda iyo camuudda ay abeesada iyo abguridu daaqaan ayaa xeebaha heegan ugu ah oo kaga hor taga, ku quwad jebiya oo quusiya, gadaal u dhirbaaxa. Kolkaasay dib u gurtaan iyagoo gaasirmay.

Qarniyaal baa laga joogaa waqtigaas. Welina sidii baa colaaddii uga dhex taagan tahay, sidii baa boolaxooftadii u jirtaa, sidii baa badweyntu isugu soo maqiiqaysaa xeebtii, sidii bay cirka ugaga imanaysaa dhulka iyadoo roob reemaya u soo rakaabsatay. Dhulkuna uu rasaastiisa culus iyo rukummadiisa adag ka hor geynayaa isagoo ku diganaya:

"Maandhey, maad iska joogtid
Ma shalaytaad wax iska hagranaysey?!"

Labadaas garba-weyne ayaa is qab dhaafay, quwad isu sheegtay, keligood isla qooqay, isu qaatay inaan wax la baaxad ahi ifkaba jirin jeer qofku is keenay adduunka, xilli aan dhowayn, dhawr malyuun oo sanno laga joogo.

156

Qofka

'Qofka – hoobaantii nolosha, maankeedii garashada dheeraa, wadnaheedii lahashada badnaa, dareenkeedii fannaanka ahaa, adkaysi iyo dulqaadkii aan xadka lahayn. Qofku kolka guntiisa loo dhaadhaco, ma aha lahasho indho la' oo gubaysa oo in la raalli geliyo bad iyo buuraba laysaga xooro; ma aha shahwad laga ledi waayo. Caynkaas iyo wux u dhow toona ma aha. Wuxuu yahay, uurka iyo gunta ka yahay, garasho xeel dheer oo abuur iyo cusboonayn leh, caraf iyo reexaan leh oo ku dheehan nolosha. Waa taariikh hore u socota, waa hawl iyo damaq, waa baadidoon aan kala go' lahayn; kol uu ku hugoobo iyo kol uu haleelo; mar uu kufo iyo kol uu kaco. Waa ugboonayn joogto ah. Waa ilo ay xaradh, farsamayn, iyo xarrago hor lihi ka butaacayaan.' (Saalax Jaamac, 1976)

Badda iyo dhulka is haleelay, isku raftay oo isku riiqmay waxaa ka dhashay san-ku-neefle aan tiradiisa la soo koobi karayn oo kala maan ah, kala midab ah, kala muuqaal ah si walba u kala abuur iyo tastuur duwan. Tan keliya ay ka wada siman yihiin waxay tahay isku-sii-dhejinta nolosha. Hase yeeshee qaar badan baa suulay oo adduunka wejigiisa ka tirtirmay. Mana aha sida la moodi karo intii ugu itaal iyo jimir yarayd inta dabar go'day, ee waxaa ka tirsanaa oo tilmaan i noogu filan DINASOORKA xagga jooga, qarada, iyo lixaadka boqol maroodi bara-dheeraynayey. Isku soo wada qaad noolahaas soo kordhay ee ifka yimi, Mid baa ku jirey aan xilligaas waxba cayayaanka ka duwanayn, cidina is oran mar buu maqaam yeelan doonaa – Qofka.

Qofku wuxuu ku indho furay noolaha jiraa siduu isu cunayo, isu gumaadayo, isu dabargoynayo. Malyuun sanno ayuu ku foogganaa halgan qaraar, si uu jiritaankiisa

157

u badbaadiyo. Tabo iyo xeelado cusub ayuu bartay, aqoon iyo waaya-arag ballaaran ayaa u kordhay. Uummanihii adduunka ku weheliyey ayuu ka soocmay, ka gacan sarreeyey. Xayawaankii ayuu kasoo jeestey, ka cabsi baxay oo u kuur galay inuu dantiisa iyo noloshiisa u muquuniyo. Maroodigii, awrkii, dibigii, iyo dameerkii ayuu lugaha ka dabray, hoggaan qoolka u suray oo hayin ka dhigay. Libaaxii, shabeelkii, jeertii, iyo wiyishii wax is bidayey ayuu xeryo u samaystay. Daayeerkii, fardihii, koobradii, kalluunkii (doolfinka), haadkii ayuu muusig u tumay oo cayaarsiiyey, dhammaantood loo daawasho tagaa oo hawlmaalmeedka lurteeda lagaga yara nastaa. Hirdanka ugu ba'ani goobuhuu ka socdey ee dhulka iyo baddu isku haleelayeen ayaa qofku soo degay; daaro iyo dekedo ka samaystay, magaalooyin quruxdooda lagu ashqaaraarayo ka taagey qoorigooda. Xeebta ciiddeedii ka yeelay goobo lagu nafaxaado, loo dalxiis tago oo ka qaalisan dahabka cas.

Daruurihii sida buuraha cirka is tuulayey ee beri beryaha ka mid ah roobabkoodu qofka cabsi ku ridi jireen uu isagoo kurbanaya bohollo meeshii ugu dhow nafta kula roori jirey, ayuu sida murjiska ka dhex baxay isagoo wuxuu doono u soo fuulay, mar dayuurad, mar sayruukh, mar dayaxgacmeed, maantana ku qalqaalo jiraa inuuu isagoo keligiis ah u soo bareero inuuu laydha guud ku leexaysto sida haadda.

Badweyntii karkaraysey, mawjadihii boodboodayey ee xumbada cad doobinayey ayuu sidii tulud rabbaysan u rartay oo u sandulleeyey, mar uu kor maro iyo kol uu hoos u muquurtaba, hadba siduu doono aan maraakiibtiisa koob shaah ka daadin Karin si kastay mawjadeheedu isu waalwaalaan. Libaaxbadeedka iyo nimirigii beri khatartooda bisinka laga qabsan jirey, ayuu badweyntii ku raadsaday, raacdaystay oo ugaarsaday. Hilibkooda, saantooda, subaggooda iyo barwaaqada uurkooda jiifta manaafacsaday, hadduu doonana daawasho keliya kaga ekaaday.

Dhulkii iyo baddii uu sabanno aan yarayn gadoodkooda ka baxsan jirey, baaxaddooda u sadqayn jirey ubadkiisa uu dhalay bilcanta u qurxoon ee loogu jecel yahay si uu caradooda uga magan galo, ayuu maanta shaybaar la dul taagan yahay oo waxay ka kooban yihiin kala shiilayaa. Calankii boqortooyada adduunka ayuu hantay oo haleelay aan cidi ku haysan. Waa boqorka keliya ee hankiisu halkuu ku siman yahay aan la sheegi karayn.

Qofka maanta heerkaas loo jeedo soo gaarey, awoodda ka dambaysaa waxay kasoo maaxaysaa maskaxdiisa uu madax yar ku wato ee ka dhalatay aqoon iyo waaya'arag qoto dheer oo qarniyaal fara badan isa soo biirsaday. Ku darsoo awooddiisa maanta marka loo eego inta weli madaxaa ku sii duugan, waxay kaga aadaysaa waxaan irbad caaradeed gaarin. Miyay kolkaas la yaab leedahay inuu haweysto inuu boqortooyadiisa ku simo kawnka idil ahaantiisa.

WAQTIGA IYO WAAYIHIISA
1988

Dadka adduunka maanta ku nool la ma arko laba isku diiddan qiimuhuu waqtigu leeyahay. Qofka dhalashadiisa, korriinkiisa, waxbarashadiisa, shaqadiisa, guurkiisa, taranka qoyskiisa iyo dhimashadiisa waqtiga ayaa lagu xisaabaa. Qorshe kasta oo loogu talo gelayo bulsho horumarkeeda, iyadana xisaab waqti ayaa lagu dejiyaa. Waqtiga marka lagu fasiro inuuu xilliga keliya tilmaan u yahay sida saacado, maalmo, bilo, sannado xiriirsan oo iska daba tegaya, waa mid si fudud loo wada garan karo. Waqtigu wuxuu la jaan qaadaa garaaca wadnaha. Socodkiisa la ma baacin karo. La ma hakin karo, dib in loo ceshaana waa ruux damcay qorrax duhur joogta inuu iftiinkeeda baabaco ku daboolo.

Waqtiga raadkiisu nolosha korkeeda ayuu ka muuqdaa. Wuxuu ku qormaa qofka foolkiisa, geedka jirriddiisa, dhismaha derbiyadiisa, haadka baalashiisa. Da'da cid walba soo marta, meelahaas ayaa laga cabbir qaataa, lagu gartaa facooda. Guud ahaan dhinacaas waa laysku wada raacsan yahay, mutacallin iyo ma-gudbe, dal sabool ah iyo mid hodan ah, dawlad soo koraysa iyo tan ugu awood iyo aqoon weyn dunida. Misna waqtigoo keligii iska daba rogmayaa micne ma yeesheen ee waxa micne iyo qiime u yeelaa waa dadka waxqabadkooda, himiladooda iyo had walba guusha iyo guuldarrada ay geeddigooda kala kulmaan. Taas ayaa keentay in dadku taariikhda saddex xilli u kala saaraan:

Xilli laga soo gudbey (SHALAY)

Xilli lagu jiro (MAANTA)

Xilli laga dhur sugayo (BERRITO)

161

Aragtiyo kala duwan ayaa dadku xilliyadaas ku fasiraan. Mawqifyo kala fogna way ka kala taagan yihiin. Aragtiyadaas oo aad u badan, bal aan halkan saddex keliya kusoo qaadanno:

Aragtida Kowaad

Waa midda taageersan xilligii laga soo gudbay. Waxay qabtaa in habkii iyo dhaqankii hore lagu dhaqmi jirey wax innaba u dhigmi karaa aysan jirin, jirina doonin. Aragtidaasi dooddeeda iyo dedaalkeeda waxay saartaa in loo noqdo casrigaas ay ku tilmaanto inuu mid dahab ah ahaa.

Aragtida Labaad

Si buuxda oo mutuxan ayey tan hore uga soo hor jeeddaa. In loo muraaqoodo xilli laga soo gudbey waxay u aragtaa inay tahay maqaar duugoobay oo lays daba jiidayo. Xilliba xilliguu ka dambeeyo inuu ka wacan yahay ayey ku nuux-nuuxsataa. Aragtidani waxay xigmaddeeda ku ururisaa, 'Xilli tegey waxba yaan loo hanqal taagin, ee casriga lagu jiro cajabtiisa lagu ashqaraarayaa yaanay ku seegin.'

Aragtida Saddexaad

Labada horeba way diiddan tahay sida ay xilli goonni ah isugu dhejinayaan. Kala-googoynta iyo kala-qoqobka xilliyada gef weyn bay u aragtaa. Waxay aragtidani la soo taagan tahay inuu xilligu iskusiideys taxane ah oo aan kala qaybsamayn yahay. Shalay, maanta, iyo berrito ayaa is wada weydaaran kara, oo midiba tan meesha kale geli kartaa, ilbaxnimada ama dib-u-dhaca ku duugan awgeed. Nolosha bani'aadmiga haddaan u garwaaqsanno inay kacaa-kuf tahay, haleel iyo hungow tahay, guul iyo guuldarro tahay, horumar iyo dib-u-gurasho tahay, tanaad iyo dabargo' tahay, tisqaad iyo tawaawac tahay, waaya'aragguna casharka laga kororsado yahay, intuba way soo mari karaan taariikhdeenna shalay, maanta iyo berriba. Aayaha mar walba laga la kulmo weeyaan kan xilli walba qiimaha gaarka ah u yeelaa.

Tilmaan gaaban haddaan soo qaadanno: Shalay, konton sanno ka hor siday soomaalidu isugu duubnayd, ummadnimo ku walaalaysnayd, gumeysi shisheeye meel uga soo wada jeedday, midnimadeeda ku dhaadanaysey, dunidan jaqaafisay u higsanaysey.

Maanta siday isu cayrsatay, isu cuntay, u marin habawday, qarannimadii u loogtay oo u lumisay. Ma laba isu dhigmaa? Maanta iyo shalay waa iyama?

Haddii si kale loo dhigo: Xornimadii, dawladnimadii, midnimadii iyo qarannimadii dadka Soomaaliyeed nafta u hurayeen, ma ahayn arrin shalay ku ekayd keliya ee maantana way taagan tahay. Sidoo kale shalay, toddobaatan sanno ka hor, Xaaraancune ayaa inna soo maray oo lagu hoobtay. Maantana isagoo ka sii daran ayuu i nagu habsaday. Dad iyo duunyaba ku riiqmeen. Berritana laga yaabee, haddaan laga sii tabaabushaysan, in lala kulmo isagoo oodihiisa wata.

Iyadoo kooban, xilli waliba wuxuu wataa in soo-qaadasho leh, iyo in xoorid leh si kasta ha u kala badnaadeene. Hana illaawin weligaa intaad qof ahaan xooridda ku xisaabaysid, cid kalay soo-qaadashada ugu jirtaaye!

Sidaas ayaa saddexda xilli ee xayndaabka adag loo kala samaynayaa ay taariikh ahaan u wada socdaan, isugu dhafan yihiin, isu dhafan-dhaafayaan. Mar walba sareedada laga dheefo ama saxariirka laga la kulmo ayaa

163

astaan u ah. Dhugmadaasi waxay inna baraysaa in saddexda xilli qof walba, meel walba, had walba ku wada kulansan yihiin, iyadoo qof kastaaba casharka uu door bido ka xulanayo, una hawl gelayo hirgelintiisa, una hanqal taagayo ka-niib-keenidda himiladiisa.

Nolosha bani'aadmigu way ka murugsan tahay sida la moodaayo. Si aan marna la malayn karayn ayey isugu moordhaysan tahay. Waqtiguna waa sidoo kale.

MA INNAGUUN BAA!
2013

Berigaan yaraa – ha ku sirmin waa lixdan sanno ka hor – ee dugsiga dhigan jiray, casharradii iigu horreeyay aan taariikhda ku bartay waxaa ka mid ahaa xikmaddan oranaysa: 'Greece Is Reason,' 'Africa Is Passion' – 'Giriiggu Waa Garaad,' 'Afrika Waa Gadood.' Kolkaas ayaa la raacin jiray casharro taariikh ah oo ka hadlaya Alexander The Great iyo halyeynimadiisa, Socrates iyo murtidiisa, Homer iyo dhugma-dheeridiisa. Waa yar yahay cilmi la barto ilaa maantadeennan oo marka la rabo in la ogaado yaa bilaabay ama sidee loo curiyay aanay kula gelayn ummadda Giriiga iyo taariikhdeeda. Tii sidaas ahayd ee adduunka calanka iftiinka iyo aqoonta u sidday, ayaa beryahan caasimaddeedii dadweynihii kaga soo hor jeedaan dawladdoodii iyagoo shaqo-la'aan iyo gaajo loo dhinto welwelkoodii maskaxda ka cuskaday. Waxaa weliba intaas u raaca, dadkan bannaanbaxayaa markay qof midab leh ama madow arkaan in aan waxba la la sugayn ee kow lagaga siinayo. Iyadoo loo aanaynayo: "Kuwan weeye kuwa barwaaqadayada cunaya ee gaajada na badaya intay shaqooyinkii naga qaadeen." Kolkaas ayaan xusuustay taariikhdaa durugsan iyo xikmaddii aan siniinka xambaarsanaa ee ahayd: 'Greece Is Reason,' 'Africa Is Passion'

'Giriig Waa Garaad' – 'Afrika Waa Gadood'
'Giriig Waa Xikmad' – 'Afrika Waa Xamaasad'
'Giriig Waa Caqli' – 'Afrika Waa Caaddifad'

Waxba meesha aad ha uga fogaan ee dalalka kan ku xiga uun eeg: TALYAANIGA. Waddo keliya oo caan ah, ama goob taariikheed oo dalka Talyaaniga ku taal haddii aad damacdid inaad si waafi ah wax uga qortid adigoo xaqeeda marinaya, waxay ugu yaraan kaa qaadanaysaa dhawr kun oo bog. Bal ka warran markaad ku tahanbaabtid inaad dalkaas ammaantiisa uu u qalmo soo ifbixisid. Taas waalli ka soo qaad. Haddaba anaa gelaya! Talyaanigu waa ummadda dhisatay:

Roma iyo xerweynteeda 'Colosseums,'
Florence iyo kaniisadda Miniato ee buurta saaran,
Milan iyo qubaddeeda caanka ah,
Naples iyo beerta-iyo-biyamareenka Qasriga Kaserta ku yaal,
Vatican City waa xarunta Katooliga adduunka ee isugu jirta kaniisad, magaalo iyo dawlad madax bannaan.
Venice oo siday u dhan tahay gal-biyood ku dhex taal oo guryaheeda doonyo la isaga gudbo.
Pisa iyo kuudkeeda janjeedha ee sannad walba lagu faaliyo hadduu dhacayaa, ee weli soo taagan.
Calaamooyinkaa aan soo sheegay oo aad mid walba ugu tegaysid 100 mucjisadood oo bani'aadmigu sameeyay; ay mid waliba intaas oo khibradood iyo waqti dheer u baahatay si waaritaankooda loo sugo.

Talyaanigu waa ummadda ay ka dhasheen MICHAEL ANGELO, LEONARDO DA VINCI, DANTE ALIGHIERI, GALILEO GALILEI, ANTONIO GRAMSCI, RAFAELLO, ROBERTO ROSSELLINI, SOFIA LOREN iyo qaar kaloo badan. Shaki ka ma jiro ilbaxnimada maanta la mahadiyay inay kala dhantaallaan lahayd haddii ugu

166

yaraan intaan kor ku xusay aan saddexda u horreeya aan Eebbaheen ifka u soo dirin. Ummadda maqaamkaas gaartay, ayaa maanta iyadoo maankeeda iyo miyirkeed qabta oo aan meelna looga iman istikhyaarkeeda ku dooranaysa duul Silvio Berlusconi madax u yahay inay talada u qabtaan; oo kaaga sii daran ee aanay ahayn markii ugu horraysay, iyo markii labaad iyo kii seddexaad toona ee tahay...

Kolkaas ayaad Soomaali aan kabriid dab lagu shito samaysan karin saluugaysaa oo mashaqada ka taagan iyo maamulxumada ka jirta maskaxfered iyo muraaradillaac ka qaadaysaa. Midkoodna lagu waari maayo. Giriiggu bannaanbaxa iyo weerarkan waalan ku sii jiri maayo, Talyaaniguna u ma garab duubnaanayo Berlusconi iyo beladiisa, Soomaaliduna miyir-habawgaa ku waari mayso. Taasi waa hubaal; kolleyba way imanaysaa.

1991 markii taliskii militeriga ee Xamar fadhiyay dalkii ka hulleelay, ummaddii jahawareer cuskaday, dibed iyo gudaha loo kala qaxay, lays cunay oo la cawaanoobay, ayaa inta isku tilmaanta 'wax-garadka' iyo 'aqoonyahanka' Soomaaliyeed is weyddiin jireen meel kasta ay ku kulmaanba su'aashan: "Imisay qaadan doontaa inay dadnimadii iyo dawladnimadii Soomaaliyeed ku soo noqon karaan?!"
Iyadoo mar walba culayska la saarayo 'waqti intee le'eg' ayaa kuwa ugu rejada weyni sheegi jireen 2 sanno.. kuwa dhexena 5 sanno, kuwa rejada fogina 10 sanno qabsan jireen. Anigu mar walba waxaan ku jawaabi jirey, "Goor ay noqotaba, taasi way imanaysaa, ee kolleyba anigu ma arki doono." 22 sanno ayaa ka soo wareegay waqtigaas.

Halkii ayaan taaganahay. Misna saddexdaa hore aniga ayaa ka rejo wacan, sababtoo ah waxaan arkay midkoodba markii ay waqtigii uu filaayay ay la dhaaftay, ayaa gabbal baas u damay, uu quus iyo niyadjab meel ku dhacay oo si buuxa isu dhiibay. Anigu se maalin walba bidhaanta iftiimaysa – weligeedba ha durugsanaato - ayaan arkaa, oo ku diirsadaa.

KOW... LABA... SADDEX!
2011

Si kasta oo la isku raaco in dalalka Yurubta Galbeed ay ka hodansan yihiin oo ka horumarsan yihiin kuwa dhinaca Bariga, misna magaalooyin ahaan lagu ma degdegi karo in la yidhaahdo kuwa Daanta Bari way ka qurxoon yihiin. Sababtoo ah waxaa ku hor imanaya Prague, Budapest, Warsaw, Bucharest ikk oo haddaad aqoon u leedahay ku xusuusinaya ashqaraarkii aad ka qaadday maalintaad midkood ka degtay.

Sheekadan aan maanka ku hayo waxay ka dhacday magaalada Prague, xarunta dalka Jiigga (Czech Republic). Sannadku waa 1975, waqtiguna waa jiilaal. Soomaaliya, hawl qaran oo la isu diro sannadahaas marka laga soo bilaabo 1970, tan dadku ugu neceb yahay waxay ku caan baxday "Tababarka Dugsiga Xalane." Rafaadka dadka ka soo mari jiray iyo hungada laga la soo noqon jiray ayaa maado badan laga reebay. Dadka dhallinyarada ah ee jibbaysan, iyagana meel la isu diro waxay xilligaas ugu jeclaayeen tababbar gaaban oo ay ku soo qaataan caasimadaha dalalka Bariga Yurub. Waa runtood oo xusuus sal-ma-guurto ah ayay kala soo noqon jireen. Muddo dheer ayaanay ka daali jirin inay ka sheekeeyaan, iyagoo intay rabaanna ku darsanaya xawaash ahaan. Waxay ku tuuntuunsan jireen bilicda magaaladaasi lahayd iyo siday ugu soo dalxiiseen muddadii ay joogeen, martiqaadka iyo sida loo soo dhoweeyay aan wax la mid ah la arag. Marna ma ay illaawi jirin inay si weyn u soo qaadaan casharradii ay ka korodhsadeen macallimiin khibrad u leh cilmiga kacaanka ay ku soo mutaysteen

169

'shahaadado' derbiga qolka u sudhan oo gal muraayad ah
ku jira.

Sannadkaas jiilaalkiisii ayaa 40 dhallinyaro ah la isu
keenay. Tababbar dibedda lagu qaadanayo ayaa loo soo
xulay. Waa kala da', waa kala shaqo oo hey'ado kala
duwan ayay ka tirsan yihiin, waa kala waaya-arag, waana
kala joog iyo muuqaal; waxay se ka siman yihiin
kacaannimada ku duugan, jibbadoodu si kasta ha ugu sii
kala badnaatee. Ehel iyo saaxiibbo intay ka gaadhi kareen
si diirran ayay u soo maca-salaameeyeen, qaarkoodna
waxayba u soo raaceen garoonka diyaaradaha ee
Muqdisho, si ay halkaas ugu sii sagootiyaan. Maalin
Khamiis ah ayaa diyaarad ay shirkadda Aeroflot ee
Ruushku leedahay kala haadday goobtaas iyadoo ay
maskaxdooda ku loollamayaan malamalaynta waxay
safarkooda kala kulmi doonaan intay maqan yihiin iyo ka
dib sida ay noloshoodu isu baddeli doonto markay soo
aflaxaan oo cilmiga kacaanka maskaxdooda ka soo
dhaansadaan.

Magaalamadaxda Ruushka ee Moosko, oo kuwo kale
kaga soo biireen, ayaa habeenkaas loo hoyday. Maalintii
xigtay xilli barqo ah ayaa garoonkii Prague diyaaraddii
soo caga dhigatay iyadoo dabayl dhaxan qaboobi ka
dhacayso. Bas diirran ayaa kooxdii lagu guray oo halkay
degi lahaayeen la geeyay. Waa guri aad u ballaadhan oo
beer weyn ku dhex yaal, aad ka garan kartid in nasasho
iyo nafaxaad loogu talo galay. Gurigu waa fac weyn
yahay; derbiyadiisu dhagax adag ayay ka samaysan
yihiin wayna joog dheer yihiin. Inta dabaq uu leeyahay 3
ka ma badna, misna joog-dheeridiisa si fudud ayuu uga
170

mudh bixi karaa kuwa tobanka dabaq ah ee caadiga u dhisan. Halkaas waxaad ka garan kartaa dhisma-adaygiisa. Qalcad ayaad mooddaa. Qaybta hoose waa qol weyn oo isku sii days ah. Xafladaha gaarka ah iyo kulamada muhimka ah ayaa dadka xaafadda deggani ku qabsadaan. Dhawr xafiis oo adeegyada loogu talo galay ayaa barbarrada kaga yaal. Labada dabaq ee ka korreeya xaasaska ku nool ayaa qaar ka tirsan yihiin madaxda dalka.

Gurigaas ayaa la dejiyay afartankoodii. Dhawr aqal oo xafiisyada hoose ku qabsan ayaa loo kala qaybiyay. Jimcihii ayay dalka soo galeen. Maalintaa iyo tii xigtayba waxay ku dhammaysteen dejintooda iyo faahfaahinta barnaamijkii loogu talo galay bilaha ay dalkaa joogi doonaan. Mar la dareemay in qaarkood aanay la socon cimilada dalkaas oo shaadhadh khafiif ah kaga soo degeen diyaaradda iyo jiilaalka lagu jiro, ayaa inta la kaxeeyay dhar suuf ah oo culus loo soo xidhay iyadoo arradka hayay iyo caatada u wehelisay laga naxay.

Maalintii saddexaad, arroortii Axadda ayaa dardar ku soo gashay. Baraf xoog leh ayaa habeenkii hore oo dhan da'ayay oo waqti hore ayaa la kala hoyday. Wax sanqadh ah oo inna baxaysaa ma jirto. Dhallaan iyo waayeelba waa xilliga hurdadu ugu macaan tahay. (Shaydaanka ayaa la yidhi ayaa dadka buste saara si aanay salaadda aroortii u toosin!) Waagii markuu baryey, ayaa Coomir oo nolol hor leh iyo firfircooni ka muuqato, intii qolka kula jirtay toosiyay oo qolka weyn badhtamihiisa kula ballamay inay degdeg ugu soo baxaan. Kolkaas ayuu kuwii kalena albaabbada ku wada garaacay isagoo sidii oo kale ku adkaynaya in aanay waqtiga dib uga dhicin. Waxaa la wada qiyaastay in kolleyba farriin degdeg ahi ay ku timi oo ay dad madax ah la kulmi doonaan maanta mar haddii uu Coomir xilligaas ka soo jafjafay hurdadii iyadoo ay maalin fasaxa tahay. Sidaas darteed, loo ma kala hadhin. Mid waliba dhar wuxuu haleeli karo ayuu ku soo jufay oo qolkii weynaa ayaa la isa soo tubay. Dhawr saf oo isku siman ayay isu taageen. Coomirna markuu hubsaday hannaanwanaagga la isu safay ayuu safka ugu horreeya dhawr tallaabo ka soo hor jeestay. In yar oo hurdadu weli indhaha ka sii saarsaaran tahay mooyee, inta kale waxay sugayaan madaxdii la dhowrayey.

Coomir ayaa arkay in si fiican diyaar loo wada yahay. Intuu cunaha 'xamxam' ku safaystay ayuu kooxdii hadalkan u jeediyay:
"Subax wanaagsan, jaallayaal. Waad ku ammaanan tihiin degdegga aydin isu soo diyaariseen. Waana tii la idin ka filayay. Inta aynaan u gelin danta aynu is fari doonno waxaa ka horraysa in aynu xilkeenna kacaannimo gudanno, dalka aynu martida u nahayna uu si fiican u dareemo halka aynu ka soconno iyo waxa aynu ugu fadhinno." Hadalka Coomir kooxda badankeedu waxay u fasirteen in madax culusi u iman doonto. Coomir oo arkay in isagii loo dheg taagayo, ayaa ku soo ururiyay:
"Aan heestii Kacaanka wada qaadno. Kow.. Laba.. Saddex!" Afartankoodii ayaa isku mar ku dhifatay:
"Guulwade Siyaad.. Aabbihii garashada geyigaygow!" Gurigii oo dhan ayaa isla wada gariiray. Boqollaal shimbirood oo qoolley ah oo aan hore loo arkin, ayaa mar keliya guriga saqafkiisii ka oogsaday. Ey meel ay ku xidhan yihiin aan loo jeedin ayaa ci' isku wada daray aan
172

sannado la maqlin. Carruurtii sardhada ku jirtay ayaa wada sastay, salashay oo oohin la toostay. Ragga intii masu'uulka ahayd ee xisbiga ama dawladda ka trisanaa ayaa meeshii hubku u yiil ku dhaqaaqay iyagoo in kolleyba dalkii mashaqo aanay ka war qabini ku soo korodhay u qaatay. Haweenkii, hooyooyinkii iyo gabdhihii qaarkoodna waxay ku kaceen sidii ilmaha salalay loo aamusiin lahaa, intii kalena meesha sawaxanku ka yeedhay ayay goobayeen oo daaqadaha ayay madaxa ka soo rideen.

Coomir iyo kooxdiisii oo ciidan dal xooreeyay waxaan ahayn aanad moodin, ayaa hugunkii halkii ka sii waday iyadoo ay markan si roon hurdo u kala tageen. Raggii gurigaa ku noolaa intii hubka haleeshay ayaa laba jaranjaro ay isla yiqiineen iska soo shubay iyagoo feejignaan weyn qaba. Maxay la kulmeen?!

Afartankii oo isla maqan oo markan heestii marinaya gebagebadii ugu qaylada dheerayd:
"Barbaartiyo shaqaalahoo isbiirsadoo, oo ballan qaaday ha.. ha.."

Raggii waxay arkeen waxa dunida gilgilay inay yihiin afartankii madoobaa ee dorraad meesha la soo dejiyay. Yaab iyo istacajib ayay meeshoodii iyo jaranjartii ay ka soo degeen ku qallaleen iyadoo aan erey keliyihi ka soo bixin. Aqalladoodii ayay ku laabteen.

Ma Coomir iyo kooxdiisiibaa? Shidanaaba shidan! Markay heestii dhammaysteen ayaa Coomir kooxdii u mahad celiyay kacaannimada ay muujiyeen oo ugu daray:

"Imminkay xalaal tahay in fasaxa Axadda si wanaagsan loogu istareexo, ee qof waliba qolkiisii ha ku noqdo." Markaas ayaa kooxdii si dhab ah u ogaatay in ballan iyo wax madax ah oo la sugayay aanay jirin.

Maalintaas iyada ah kooxdii waxba lagu ma darsan. 'Museum' la geyn lahaana faraha ayaa laga qaaday. Subaxii Isniinta barnaamijkoodii bilaabmi lahaa ayaa la tirtiray oo loogu beddelay in goob kale loo raro. Bas inta loo keenay ayaa iyaga iyo xamaankoodii loo raray tuulo caasimadda in door ah u jirta oo meel cidhif ah laga dejiyay iyagoo fasax u qaba inay siday doonaan u heesaan inta tababbarka gaabani ka dhammaanayo.

LABAATAN SANNO IYO LABA GABDHOOD
2015

Labaatan sanno ayaan madaxa ka jaray intaan magaalada London iyo webigeeda Thames dul degganaa. Soomaalida dalka Boqortooyada Midaysan (UK) ee Britain ku nool, inta shaqaysa iyo inta wax barata ayaa ugu nasiib iyo rejo wacan. Inta kale badanaa xilligu wuxuu ku dhaafaa guriga oo la hurdo, maqaayadda oo laga tororogleeyo iyo hadba suuqa ugu dhow oo wax laga soo iibsdo, marka la haleelo.

Qaybtan ugu dambaysa dadka ayaa magaalada London ugu aqoon yar, misna marka fasaxa loo baxo, shaki ka ma jiro, in qaarkood sheegtaan inay London siday u dhan tahay dhammaysteen, kuna dhiirradaan sheegashada madaxda dalkaa "Tony Blair' ama 'David Cameron' arrimmaha qaarkood kala taliyaan. Waan filayaa kuwo dalalka kale ee Yurub joogaana sidoo kale iyana sheegtaan in taladooda madaxdu uga maarmin. Laftaydu Soomalida London deggan ayaan ka tirsan ahay ee weli madax talo i weydiisa ayaanan la kulmin.

Siyaasadda dalkan, dhexgalka dadka ka sokow, waxaan kala socdaa tv-ga warkiisa iyo laba wargeys aan aqristayaashooda ka mid ahay - The Independent iyo The New Statesman. Sidaan baasaboorka u qaatayna doorashooyinka ayaan ka qayb galaa. Deegaanka aan ku noolahay, Bethnal Green and Bow, ee ku yaal degmada Tower Hamlets, soogalootiga ku nool waxaa ugu tiro badan dad ka yimid Bangladesh, waxaa ku xiga Soomaalida. Doorashooyinka baarlamaanka iyo kuwa dawladda hoose, labadaba waxaa ku soo baxa musharaxiinta Xisbiga Xoogsatada UK (Labour Party).

Labaatankii sanno ee aan degaankan ku noolaa, laba gabdhood ayaa isaga dambeeyay inay doorashooyinka barlamaanka ku guulaystaan.

Tan hore, Oona King, waa gabadh iskadhal ah oo xisbiga Xoogsatada (1997 – 2005) ku soo gashay baarlamaanka. Tan kale, Rushanara Ali, waa gabadh ka soo jeeda qoys Bangladesh ah. Doorashadii u dambaysay ee 2010 ayaa la soo doortay. Bisha soo socota ee May 2015 ayay mar labaad u taagan tahay Xisbiga Xoogsatada (Labour Party). Gabadha hore, Oona King, oo laba jeer la soo doortay (1997 - 2002) mar walba dadka xisbiyada kale kula tartamaya, waxay ku dhaafi jirtay tiro toban kun gaaraysa wax aan ka yarayn. Taas oo micnaheedu yahay sida dadka degaanku aanay uga kala bayri jirin markay doorasho noqoto gabadhaa Oona King. Doorashadii saddexaad waxay ku seegtay, iyadoo Ra'iisalwasaarihii hore ee Tony Blair ay kula safatay dagaalkii uu Ciraaq ku qaaday. Waxaa doorkaas la tartamay George Galloway oo ka socday xisbi la magac baxay "RESPECT". Ninkaas oo ugu cadcaddaa wakiiladii baarlamaanka ee dagaalka ka soo hor jeestay, xisbiga Labour-kana laga cayrshay. Mar keliya ayaa degaankii Bethnal Green & Bow ee Muslimka u badnaa codkoodii wada siiyeen George Galloway. Aniga iyo qoyskayguna, tiro 8 qof ah, codkayagii ninkaas Scotland ka soo qoystay ayaannu codkayagii ku hubasannay, in kastoo ay Oona King ahayd gabadhii sida weyn nooga la shaqaysay sharciga aan UK ku deggan nahay, Soomaalida kalena aanay waxba ka hagran jirin karaankeeda. Abaal weyn ayay nagu leedahay qoys ahaan. Abaal kasta waxaa ka culus xaqa marka diin dhab ah iyo dadnimo la xeerinayo. Halkaas ayay Oona King ku guuldarraysatay.

Gabadha maanta goobteedii ku jirta oo la yiraahdo Rushanara Ali, si weyn ayay danaha Soomaalida ugu soo jeeddaa. Kulammada ay qabsadaan iyo arrimaha la soo dersa ka ma maqnaato. Kulan-dhaqameedka Soomaaliyeed (Somali Week Festival) ee sannad walba Ururka Kayd ku qabto magaalada London way ka soo qayb gashaa. Haddaan tilmaan u soo qaadanno kii u dambeeyay ee Oktoobar 2014 London lagu qabtay, Rushanara ay ka mid ahayd marti-sharafkii ugu derajada sarreeyay ee kulankaa lagu marti qaaday, ereyadii ay madasha ka jeedisay, salaan, hambalyayn iyo bogaadin markay ka soo jeedsatay, iyo weliba hawlaha culus ee ay degaanka waajib ahaan u qabato, ayay u farabaxday inay Soomaalida, gaar ahaan gabdhaha, la wadaagto intii iyada soo maray iyo waaya'aragga laga korodhsan karo. Murtideedii oo kooban:

"[...] xataa intaan jaamacadda ku jiray, marna igu ma ay soo dhicin doorasho ayaad hungurayn doontaa, iska dhaaf inaan baarlamaan hawaystee! Ciddii xilligaas talo noocaas ah ii la timaadda, waxaan u qaadan jiray dad doonaya inay iga maadaystaan. Waxaan sidaas u leeyahay, inta caqabadood ee i wada hor yiil ayaa si weyn iigu muuqday. Mana ay tiro iyo dhib yarayn. Bal fiiri, qof da'yar baan ahaa, qof waaya'aragnimadiisu kooban tahay dhinaca siyaasadda ayaan isu arkayay, qof haween ah baan ahaa, qof muslim ah baan ahaa, qof ka soo jeeda qoys soogalooti ah baan ahaa, qof dhaqan adagi dabrayo, marka dadkayga la eego, ayaan ahaa, qof tijaabadaas wax uga horreeyay oo ku dhiiri geliyaa lahayn baan ahaa. Arrin walba cid uun baa ugu horraysa ayaan gartay. Xilkii cidi gudan karto in qof kalena gudan karo ayaan aaminay.

177

Aqoon iyo dedaal haddii aan la imaaddo, inaan ku guulaysan karo ayaan niyadda geliyay. Mar keliya ayaan talo ku goostay in haddii aan rabo inaan siyaasadda kaalin ka qaato aan wax iskay hor taagi karaa jirin. Buurahaa i wada hor taagan in aanay i baacin karin ayaan goostay. Waana i kan aan imika idin hor taagnahay aad u jeeddaan.

Idinkuna intaas iyo in ka badanba waad gaari kartaan, haddaad cindiga gelisaan oo talo ku goosataan. Wax idin caabin kara u ma jeedo. Iyadoo aan weliba aftahannimadiinna iyo dhiirranaantiina aan aqoon fiican u leeyahay ee aanan iska kiin ammaanayn. Siyaasadda dalka aad ku nooshihiin waa inaad ka qayb qaadataan. Idin ku ma lihi xisbigayga ku soo biira, taasi idinka ayay idin jirtaa ee taan carrabka ku adkaynayaa, waa inaad meelaha aayahiina looga talinayo aad codkiinna ku yeelataan. Mar kasta guul iyo horumar ayaan idiin rejaynayaa."

Intaas ayay Rushanara kaga baxday ereyadeedii qiimaha badnaa. Ilaahay ha ina sulansiiyo taladaas dhammaanteen. Qoys ahaan iyada ayaannu doorashada Maajo 2015 codkayaga ula diyaar nahay. Barnaamijkan Bandhig-dhaqameedka Soomaalida, gabadh ayaa maamulkiisa ka madax ah, kulankan u dambeeyay ee xiritaanka oo ah kuwa barnaamijka ugu muhimsan, gabadh ayaa daadihinaysay, tan taladeeda lagu gunaanaday ee Rushanarana waa gabadh. Waa ifafaale khayr badan sheegaya, hadduu halkaa ka sii socdo.

Printed in the United States
By Bookmasters